PAUL LASCAUX
Mordswein

W0279169

WEINLEICHEN Am Südfuß des Jura in der beschaulichen Winzerregion zwischen Bielersee und Neuchâtel kommen innerhalb von einer Woche zwei Personen unter mysteriösen Umständen ums Leben. Beide Opfer sind Vertreter der Staatserhaltenden BürgerPartei SEBP. Hubert Welsch wird in einer Wolfsfalle gepfählt, Henri Knecht erliegt auf der Terrasse des Centre Dürrenmatt in Neuchâtel einem gezielten Schuss aus einer Pistole.

Die Parteizugehörigkeit der Toten lässt zunächst auf einen politisch motivierten Hintergrund der beiden Morde schließen. Doch ein pensionierter Lehrer bringt die Ermittler der Berner Detektei Müller & Himmel auf eine brisante Spur. Sie finden heraus, dass es um weitaus mehr geht, als man bisher ahnen konnte. Und plötzlich tauchen bei der Polizei Bekennerschreiben auf und eine Zeitung veröffentlicht eine Todesliste: Weitere Opfer werden angekündigt …

Paul Lascaux ist das Pseudonym des Schweizer Autors Paul Ott, geboren 1955, aufgewachsen am Bodensee und seit 1974 wohnhaft in Bern. Der studierte Germanist und Kunsthistoriker hat in den letzten 30 Jahren neben zahllosen journalistischen Arbeiten mehrere literarische Veröffentlichungen realisiert, vor allem Kriminalromane und kriminelle Geschichten. Auch als Herausgeber von Krimianthologien und Initiator des Schweizer Krimifestivals »Mordstage« hat er sich einen Namen gemacht. »Mordswein« ist der fünfte Band seiner kulinarischen Krimiserie um die Detektei Müller & Himmel.

Bisherige Veröffentlichungen im Gmeiner-Verlag:
Gnadenbrot (2010)
Feuerwasser (2009)
Wursthimmel (2008)
Salztränen (2008)

PAUL LASCAUX

Mordswein

Müllers fünfter Fall

GMEINER Original

Besuchen Sie uns im Internet:
www.gmeiner-verlag.de

© 2011 – Gmeiner-Verlag GmbH
Im Ehnried 5, 88605 Meßkirch
Telefon 07575/2095-0
info@gmeiner-verlag.de
Alle Rechte vorbehalten
1. Auflage 2011

Lektorat: Doreen Fröhlich, Meßkirch
Herstellung / Korrekturen: Julia Franze / Claudia Senghaas, Kirchardt
Umschlaggestaltung: U.O.R.G. Lutz Eberle, Stuttgart
unter Verwendung eines Fotos von: © RTimages / Fotolia.com
Druck: Fuldaer Verlagsanstalt, Fulda
Printed in Germany
ISBN 978-3-8392-1189-2

Personen und Handlung sind frei erfunden.
Ähnlichkeiten mit lebenden oder toten Personen
sind rein zufällig und nicht beabsichtigt.

»… der verdammte letzte Tag, man wacht auf, der Tag ist licht, der Himmel blau, wunderbar, oder es ist ein grauer, verregneter Tag, egal, er ist ebenso wunderbar, man könnte mit der Frau, die man liebt, schlafen, ein Kind zeugen, ein Buch schreiben, einen Baum pflanzen, sich in die Sonne legen, in den Regen, aber man tut nichts, weder liebt man noch schreibt oder pflanzt man etwas, man vergeudet den Tag einfach, man wirft den Tag auf den Müll, geht zur Bank, bringt den Wasserhahn in Ordnung, redet mit dem Mann, der den Strom abliest, man ärgert sich über das Telefon, das nicht richtig funktioniert, man wirft den Tag auf den Müll, und um fünf Uhr nachmittags, peng, stirbt man. Keiner hat einem Bescheid gesagt, dass dies der letzte Tag sein würde.«

Patrícia Melo: ›Wer lügt, gewinnt‹

DIENSTAG, 13.7.2010

Natürlich war es ihm nicht gelungen. Warum hätte es ihm auch gelingen sollen, nach all den Misserfolgen der vergangenen Jahre? Aber deswegen musste man ihn doch nicht derart bedrängen.

Er blickte sich verängstigt um, dann beschleunigte er nochmals seinen Schritt, ohne ins Stolpern zu geraten. Entsprang es nur seiner Einbildung, oder hatte sein Verfolger die Geschwindigkeit ebenfalls erhöht?

Das Dorf Twann hatten sie hinter sich gelassen. Er hätte den Kirchturm bewundert, die geschlossene Häuserzeile entlang der schmalen Straße, den weiten Blick über den Bielersee hinweg bis auf die im Föhnsturm vermeintlich näher gerückten Alpen. Hätte, wäre, wenn …

Seit er aus dem Zug gestiegen war, der ihn von Biel hierher gebracht hatte, war er sicher, verfolgt zu werden, spürte er die Präsenz eines Unbekannten, hörte regelmäßige Schritte, ein unangenehmes Räuspern. Er drehte sich nicht um, wollte zuerst eine geschützte Stelle erreichen, bevor er seinem Widersacher in die Augen blickte. Stetig hatte er sein Tempo erhöht, seit der Unterführung von der Schiffländte an, am ›Bären‹ vorbei, durch die Dorfgasse bis zum Weingut Johanniterkeller und weiter den Chrosweg hinauf.

So schnell er seine massige Gestalt in Bewegung setzen konnte, war er gegangen. Aber der andere war ihm im selben Rhythmus auf den Fersen geblieben. Nun stieg der Pfad an, und er geriet ins Keuchen, seine kräftigen Atemzüge ließen den mittleren Knopf aus dem lindgrünen Hemd springen, und endlich riss er die Krawatte, rot-grün diagonal gestreift, vom Hals. Sein grauer Anzug war schweißgetränkt, seine weiß-grauen Stoppelhaare und sein breiter Schnauz brannten.

Er hatte keinen Blick für die Reben, die in hellem Grün leuchteten, auch wenn sie unter der fortgeschrittenen Trockenheit zu leiden hatten. Die Blätter raschelten in der warmen Luft, die von Süden über die Alpen hinunter kam und den Boden noch mehr aufheizte, was die Winzer in schlechteren Jahren herbeisehnten. Aber heuer war es zu viel des Guten. Die ausgedörrten Böden seufzten. Als er links ein raschelndes Geräusch vernahm, dachte er zuerst an eine Giftschlange und rettete sich mit einem Sprung nach rechts. Eine unsinnige Aktion, denn bei dem Lärm, den er mit seinem keuchenden Schnaufen und den schweren Tritten erzeugte, wäre jedes Kriechtier längst geflüchtet.

Jetzt hörte er wieder die tappenden Schritte, die ein Echo seiner eigenen waren. Ein Echo?, überlegte er kurz und lachte auf. Das wäre der Gipfel, wenn er sich vom Widerhall seiner eigenen Schritte ins Bockshorn jagen ließe. Er verharrte plötzlich im Stillstand.

Es erklangen noch zwei, drei leichte Tritte, bevor auch diese verstummten.

Da bekam er es endgültig mit der Angst zu tun. Er begann zu rennen, so schnell es sein Körpergewicht erlaubte. Das Herz pochte bis ins Gehirn und brachte ihn um den klaren Verstand. Als er den parallel zum See verlaufenden Rebweg gekreuzt hatte, wurde der Chrosweg deutlich steiler. Er führte zur neuen Siedlung, die im Rohbau wie ein Kaninchenstall aussah, der von den neuen Gefangenen erst noch ein wenig dekoriert werden musste.

Er lief am ›Haus in der Chros‹ vorbei, Haus des Rebmannes der Chrosreben, Herr über die Trauben, wo es heute keinen einzigen Rebstock mehr zu sehen gab. Er erinnerte sich noch daran, wie er früher einmal das Schild an der Hauswand gelesen hatte. ›Im Taufrodel von Twann erstmals 1574 genannt als Heim der Hubler in der Chros. Seither ist das Haus im Besitz derselben Familie.‹ Seltsam, womit das Gehirn sich beschäftigte, wenn man auf der Flucht war.

Aber handelte es sich um eine Flucht? Er gehörte hierher, war im Dorf aufgewachsen, fühlte sich als Teil der Gemeinschaft. Und doch hastete er nun durch den Wald, an einer Baumhütte vorbei, über die Straße, wo ihm einer der neuen Hausbesitzer kopfschüttelnd zusah. Würde der doch seinen Widersacher aufhalten, dann wäre alles gut!

Er querte die Gaichtstraße und folgte dem Waldsaum auf einem Wanderweg, bis er die Hochebene erreichte und vorbei an zwei Bauernhäusern geradeaus weiterjagte, auf den höher gelegenen Wald zu. Nun hatte er ein Ziel. Es war ihm nur nicht bewusst geworden.

Vor Augen hatte er bereits die Blutbuche, die er zum letzten Mal vor bald 30 Jahren gesehen hatte. Wenn sie noch stand, musste sie den Waldrand dominieren. Er hob die Augen, sah sie erst beim zweiten Versuch, rechts von ihm, ein ganzes Stück weiter Richtung Gaicht, als er es in Erinnerung hatte.

Nicht nachdenken. Rennen!

Er konnte keine Schritte mehr hören. Ob er den Verfolger abgehängt hatte? Aber der Boden war weich, dämpfte die Geräusche, außerdem glockten die Kühe im Takt.

Er rannte auf den Baum zu, den Blick auf die schweren, unteren Äste gerichtet.

Abrupt zog es ihm die Beine unter dem Körper weg. Er fühlte seinen Sturz, den Aufschlag auf etwas Hartes, den stechenden Schmerz, das Fließen des eigenen Blutes.

Und er überlegte noch, wie wohl der neue Jahrgang werden würde, wenn es weiterhin so trocken blieb.

Du spinnst, sagte eine innere Stimme. Hast du keine anderen Probleme?

DONNERSTAG, 15.7.2010

Heinrich Müller hatte in seiner Jugend keinen Lebensentwurf, keine berufliche Karriere in Aussicht; er war nicht durch verwandtschaftliche Beziehungen begünstigt, kein Bern-Burger, kein Vitamin-B-Aspirant, er hatte keine politischen Ambitionen, keine militärischen oder religiösen Interessen, keine Familienplanung. Nichts verband ihn mit angestrengten Zielen, die es zu erreichen galt, die von den einen erreicht worden sind und an denen diejenigen, die sie nicht erreicht haben, zerbrochen sind, abgeschrammt in Depressionen, Selbstmord oder gesellschaftlichen Nihilismus.

Sollte, ja müsste er jetzt glücklich sein, durchs Leben getrieben von Zufällen, denen er manchmal einen Schubs gab, manchmal auch nicht, gesegnet mit mittelmäßiger Zufriedenheit in allen Belangen? Er wusste es nicht, und da das Leben unweigerlich auf den Tod zusteuerte, würde er es wohl auch nie erfahren. Dennoch blieb er frei von zermürbenden Selbstzweifeln und reumütigen späten Erkenntnissen. Er kannte wohl beides, aber gleichzeitig wusste er nicht, wie er sein Leben hätte anders gestalten können. Also: Es ging Heinrich Müller gut, er war zufrieden, danke der Nachfrage.

Außerdem gab es heute Grund zum Frohsinn. Denn im ›Bauch & Kopf‹ war eine Weinprobe angekündigt, eine

Journalistin würde sich zu den Degustierfreudigen gesellen, zwei Bielersee-Winzer waren mit ihren Produkten eingeladen, und selbstverständlich hatte die gesamte Entourage der ›Detektei Müller & Himmel‹ schon lange auf diesen in jeder Beziehung heißen Tag hingefiebert. Nur Baron Biber hing schlaff auf einem Sessel unter der Pergola, gut sichtbar durch die weit geöffneten Fenster. Nicht einmal die ›erlesenen Streifen mit Gemüse‹ konnten ihn zum Fressnapf locken, kein ›Kalb auf provenzalische Art‹, kein ›Wild mit Gemüse im Duett‹, noch nicht einmal ›Forelle und Spinat‹, und auf ›Rind und Karotten‹ stand er sowieso nicht. Ginger, der Streuner, der früher alles weggefressen hatte, was liegen geblieben war, war wohl im letzten Dezember zum ewigen Streuner geworden, denn eines Tages war er aufgebrochen, gut genährt zwar, aber viel zu früh für die Saison, und nie mehr wiedergekehrt. Der Abschied verlief in Raten, denn zuerst hoffte man noch auf eine übliche Auszeit oder darauf, dass doch schon ein Weibchen rollig war, aber als die Wochen ins Land gingen, musste man zur Kenntnis nehmen, dass selbst ein fett gefressener Ginger diesen langen und kalten Winter draußen nicht überleben würde. Baron Biber vermisste den ungehobelten Kerl, ließ sich aber nichts mehr anmerken, und schon längst hatte eine junge Nachbarsdame namens Mathilda seine Aufmerksamkeit auf sich gelenkt, auch wenn er mit seinen nun 13 Jahren nicht mehr die eigentlich notwendige Grundschnelligkeit aufwies, um sie zu beeindrucken.

Die Vorbereitungen zogen sich noch ein wenig hin. Die Gäste würden erst in zwei Stunden kommen.

Melinda Käsbleich hatte sich nur langsam von der Party erholt, mit der der letzte Erfolg der ›Detektei Müller & Himmel‹ gefeiert worden war.* Sie betrachtete dies als einen derart gelungenen Einstieg ins gesellschaftliche Leben, dass sie ihre beiden besten Freundinnen Phoebe und Gwendolin unbedingt an solchen Ereignissen teilhaben lassen wollte. Wer wusste denn schon, wann sich wieder etwas Aufregendes ereignen würde. So saßen nun drei entzückende Mädchen im ›Bauch & Kopf‹, himmelten Leonie, Nicole und Heinrich an und vergaßen in gepflegter Langeweile ihre verstreichende Lebenszeit.

Es gelang ihnen, in ihrer ganzen ätherischen Schlaffheit noch entspannter zu wirken als Baron Biber, der sich mit einem Kissen auf den einzigen Stuhl gefläzt hatte. Gut, man muss sagen, dass die drei schon einen beschwerlichen Einkaufsbummel hinter sich hatten, der offenbar nicht von Erfolg gekrönt war, denn es waren keine Plastiktaschen dekorativ an die Wand gestellt. Vielleicht war auch einfach nur ihr Portemonnaie leer, denn die angestrebte Modelkarriere hatte noch nicht richtig gezündet, und so waren die drei auf Fremdgelder angewiesen, die nur sporadisch flossen, wenn sie ihren Eltern im Verweigerungsfall mit Aktivitäten zum Gelderwerb drohten, die anderen Mädchen die Schamröte ins Gesicht getrieben hätte.

---

* Siehe Paul Lascaux: »Gnadenbrot«

»Könnt ihr euch ein Getränk leisten?«, fragte Leonie von der Bar.

»Wer will das wissen?«, gab Melinda zurück, denn sie traute sich als Einzige solche Sprüche, obwohl selbst sie davor scheute, gewisse Wörter auszusprechen.

»Ich freue mich, euch zu sehen«, merkte Leonie sarkastisch an.

»Ist nicht wahr«, maulte Phoebe, »keiner freut sich, uns zu sehen.«

»Warum so patzig?«, erkundigte sich Leonie.

»Es ist heiß«, jammerte Melinda, strich sich den feinen Schweißfilm von den frisch rasierten Oberschenkeln und hielt sich den Finger an die Nase.

»Ekelhaft!«, meldete sich Phoebe zu Wort. »Wie riecht's?«

»Vulkanasche aus Island.« Melinda zuckte die Schultern.

»Sternenstaub«, seufzte Gwendolin beglückt.

»Straßendreck«, wies Phoebe ihre Kollegin zurecht. »Das Leben ist beschissen genug. Es braucht keine zusätzlichen Märchen.«

»Jetzt geht halt raus und genießt das schöne Wetter«, meinte Leonie.

»Sie will, dass wir Hautkrebs kriegen«, sagte Phoebe zu niemandem, denn der Satz blieb über Baron Biber hängen. Kein einziges Lüftchen wehte durch den Raum.

Leonie Kaltenrieder hatte gerufen, Nicole Himmel und Heinrich Müller hatten eingeladen, und nach und nach, einzeln oder in kleinen Gruppen, tauchten sie am Ort des Geschehens auf: Bernhard Spring, Störfahnder der Police Bern, einer, der eingesetzt werden kann, wo immer es ihn braucht, stand als Erster an der Bar. Kurz darauf kam seine Assistentin Pascale Meyer, in ihrem Schlepptau der Objekt-Verbrennungskünstler Cäsar Schauinsland.

Melinda Käsbleich, Phoebe Helbling und Gwendolin Rauch hatten sich nicht von ihren Plätzen vertreiben lassen und betrachteten mit kritischem Wohlgefallen Louise Wyss, Ex-Model für den Bauernkalender, und ihre beiden neuen Freundinnen. Der Künstler F. K. Swiss* war in ein Gespräch mit Andreas Bohnenblust und Ruth Huber von der Bäckerei Bohnenblust vertieft. Natürlich gesellten sich noch ein paar Leute dazu, von denen niemand wusste, wer sie eingeladen hatte. Jedenfalls war das ›Bauch & Kopf‹ gut gefüllt, und die Leute standen in angeregter Vorfreude im Raum. Sie hielten ein Glas Saar Riesling 2007 Fuder 13 von der Weinmanufaktur Van Volxem in der Hand, das die Journalistin nun kommentierte: honiggelb, Zitrus- und Melonenduft, im Mund süße Mirabellen, Melonen, und eine feine, weiche Säure im Abgang, frisch und wunderbar fett zugleich. Eine Scheibe Oliven-Chnebubrot kontrastierte mit den Weinaromen und vermählte den Süden mit dem Norden.

»So geht ein Winzerjahr zu Ende«, flüsterte Nicole

* berüchtigt aus Paul Lascaux: »Wursthimmel«

Heinrich zu, »aus der Flasche in den Schlund. Alle Geräusche, die die Blätter gemacht haben, die Farben der Trauben, das Rascheln der Tiere finden sich glockenhell in diesem Glas. Und unsere Weinpäpstin erfindet die passenden Begriffe dafür.«

»Probier mal den«, erwiderte der Angesprochene ungerührt. »Ein Sauvignon Blanc vom Bielersee, Charles Steiner, Schernelz. Mineralischer Geschmack, kantige Leichtigkeit, elegante Fülle.«

»Das hast du jetzt irgendwo abgelesen!«

Heinrich lachte und zeigte auf einen Zeitungsausriss, den der Winzer mitgebracht hatte. »Aber es stimmt schon. Man soll nicht einfach alles in sich reinstopfen. Wenn du Begriffe für die Nahrungsmittel suchst, isst du langsamer und bewusster. Nimm zum Beispiel diesen Rohschinken aus dem Mendrisiotto.« Er hielt ihr eine Scheibe des dunklen Fleisches an die Nase.

»Fein salzig«, sagte Nicole, schnappte sich den Schinken und kaute genüsslich. »Süßlich-würzig«, erklärte sie, »mürbe, schmelzende Fette.«

»Geht doch«, erwiderte Müller, bevor er sich weiter der Degustation widmete.

Im Hintergrund eröffnete eine Schiffssirene Björks »Wanderlust«, bedrohliche Posaunen trieben die hypnotisierende Stimme durch die isländischen Techno-Beats wie durch den Malstrom des Lebens.

Um Heinrich und Nicole schwebten Fetzen der Konversation.

»Die irrsten Weinaromen?«, wiederholte die Journalistin die Frage des Winzers. »Toastbrot. Räucherspeck. Korinthenschokolade? Nasser Hund?«

»Nichts, womit ich Kunden beglücken könnte ...«

»Und wie beschreibt man einen Wein aus dem Jahrhundertjahrgang 2009, einen Bordeaux, der 20 von 20 Punkten erreicht?«

»Dafür findest du keine Worte mehr, solche Superlative gibt es gar nicht.«

»Habt ihr den WM-Final gesehen letzten Sonntag?«, fragte Melinda ihre Kolleginnen.

»Was glaubst du denn«, empörte sich Gwendolin.

»Muss aber eine wichtige Persönlichkeit gestorben sein«, nörgelte Phoebe. »Dass man uns mit einem derartigen Trauerspiel beglückt hat.«

»Ich bin ganz allein zu Hause geblieben«, seufzte Melinda. »Ich steh nicht auf Rudelfernsehen.«

»Prost«, rief Leonie, als sie eine neue Serie Rotweine öffnete.

»Die dümmste Frage der Welt heißt: Du trinkst Alkohol?« Louise, das Bauern-Model, ereiferte sich. »Nein! Ich trinke Wein oder Bier oder Schnaps. Aber keinen Alkohol. Der mit der Feststellung verbundene moralinsaure Unterton ist nur zu kontern mit der Gegenfrage: Du frisst Zucker? Wenn er zum Kuchen greift. Du nimmst Fett zu dir? Wenn sie ins Gebäck beißt. Du saugst Kohlenhydrate? Wenn er die Spaghetti schlürft. Du vertilgst hochgekotzte Scheiße? Wenn sie Honig aufs Brot streicht. Wie blöd muss eine Welt sein, die alles auf *einen* Inhaltsstoff reduziert, wenn das Produkt aus mehreren tausend Ingredienzien besteht? Genau so gut könnte man einen Bier- oder Weinliebhaber fragen: Du säufst Wasser? Denn das ist der anteilmäßig wichtigste Stoff.«

»Der Wein schmeckt, wie wenn man in eine rostige Fahrradkette beißen würde.« Pascale kicherte bereits in höheren Tonlagen.

Cäsar referierte eine Liste, die an der Wand hing: »Der Durchschnittsschweizer kippt jährlich 40 Liter Wein hinter die Binde. 10 Liter weniger als noch vor 20 Jahren.«

»Und 57 Liter Bier. 4 Liter Schnaps. Und von allem immer weniger.« Pascale staunte.

»9 Liter reinen Alkohol«, sagte Cäsar. »Da müssen wir uns aber ranhalten, wenn wir den Durchschnitt knacken wollen.«

»Auf den mehrtägigen römischen Bacchanalien«, erklärte Nicole, »haben sie bestimmt mehr Alkohol in sich hineingeschüttet. Es wurden ganze Vermögen verschwendet, jeder suchte den andern zu übertreffen. Speisen vom Feinsten, edle Weine, betäubende Parfüme …«

»… die den Geruch von Erbrochnem übertünchten …«

»… Sklaven, die für Massagen, Bäder in Eselsmilch, Gladiatorenkämpfe und sexuelle Dienstleistungen zur Verfügung standen …«

Mit Grauen und Verzückung stellte sich Heinrich die Bacchanalien vor, diese ausschweifenden Feste der Sinnlichkeit, welche die Römer von den griechischen Dionysien abgekupfert hatten, und zwar in einer derart exzessiven Weise, dass sie 186 vor Christus durch einen Senatsbeschluss streng reglementiert wurden. Allerdings hatte man vorher 7.000 Männer und Frauen, die zu ausgiebig gefeiert hatten, hingerichtet.

Es war zwar bestimmt nicht korrekt, noch nicht einmal im Denken, aber er hätte auch gerne ein paar Schändlichkeiten mit Sklavinnen begangen. Gut, es mussten keine Sklavinnen sein …

»Mord?«, fragte der Störfahnder sein Handy. »Du hast Mord gesagt?«

Als Spring im Treppenhaus stand, hatte Björk gerade noch Zeit für ein paar Schlussakkorde, dann wurde klar, wie schnell eine gute Stimmung kippen konnte.

»Man sieht sich« und »bis zum nächsten Mal« und Händeschütteln und Händeringen, und mit einem Mal war alles still. Betretenes Schweigen, wie es so schön heißt. Leonie räumte Flaschen zusammen, Nicole füllte Gläser in die Geschirrspülmaschine. Heinrich drehte Däumchen.

Der Störfahnder hatte die Aufmerksamkeit sicher, als er wieder in die Gaststube trat.

»Was für eine Scheiße«, sagte er bloß. »Gib mir einen Kräuterlikör, am liebsten einen Grande Gruyère.« Er griff zum Glas und stürzte das Bittergetränk in einem Zug runter. Nach einer Schrecksekunde räusperte er sich und verkündete: »Polizeiarbeit.«

»Heimlichtuerei«, giftelte Müller, der Detektiv.

»Ihr erfahrt es ja doch früher oder später. In Gaicht oberhalb von Twann haben sie einen gefunden.«

»Schlangenbiss?«, fragte Pascale.

»Doch nicht am Waldrand«, ärgerte sich Spring.

»Von Waldrand war bisher noch nicht die Rede«, schmollte Pascale und bestellte sich auch »so einen«, indem sie auf das Glas ihres Chefs zeigte.

»Aufgespießt«, erklärte der Störfahnder. »In einer Art Wolfsfalle. Wir müssen uns das vor Ort ansehen.«

»Ist gut«, entgegnete Nicole.

»Mit ›wir‹ meinte ich die Polizisten in diesem Raum.«

»Das sind ja nur zwei«, stellte seine Assistentin fest. »Bist du sicher, dass wir mit so wenig Personal zurechtkommen?«

»Ich kriege morgen das Protokoll der Kantonspolizei. Dann sehen wir weiter. Die Falle wird schon nicht davonlaufen.«

*Es ward von Minute zu Minute eintöniger, die Menschen versanken immer mehr in einen geistigen Dumpfsinn, nur einzelne Schimpf- oder Sauworte arbeiteten sich aus den verquellenden Kehlen; es war keine Spur von der wilden, lustigen Aufgeregtheit, der Gesprächigkeit, die der Wein erzeugt.**

---

* Alle kursiven Zitate, die im ersten Augenblick – aber wirklich nur im ersten – etwas veraltet tönen, stammen von Jeremias Gotthelf (1797-1854) aus: »Wie fünf Mädchen im Branntwein jämmerlich umkommen«.

FREITAG, 16.7.2010

Nun waren sie doch zu viert unterwegs ins Seeland. Nicole spielte unterwegs an ihrem iPad und hörte sich diverse Musikempfehlungen auf YouTube an, eine ukrainische Polkaband, die ein Kate-Perry-Cover von ›Hot'n'Cold‹ zum Besten gab, oder die Leningrad Cowboys aus Finnland mit ›Sweet Home Alabama‹, unterstützt vom Chor der Roten Armee, oder ›Herzilein‹ von den Wildecker Herzbuben. Die Grenzen zwischen Original und Kopie verwischten sich, zwischen Alltag und Wahnsinn, wahr oder falsch schien nicht mehr existent.

War es nicht auch in jedem ihrer Fälle so gewesen? Waren Opfer und Täter immer klar zu bestimmen?

Zu den Takten von ›Herzilein‹ hakte sich Pascale bei Nicole zum Schunkeln ein, sodass der Wagen in der nächsten Kurve leicht ins Schlingern geriet.

»Egal, was ihr geraucht habt, ich will auch was davon«, sagte Müller.

Spring hingegen verlangte Ruhe und Ordnung.

»Ja, Herr Polizist«, erwiderten die beiden Damen im Fond.

Mit dem Amüsement war es allerdings vorbei, als die vier vor der Grube standen, in der vor drei Tagen ein Mensch gestorben war.

Der Störfahnder schüttelte den Kopf, als er das Erdloch

betrachtete, offensichtlich hastig von Hand gegraben und mit einer schwarzen Plastikfolie abgedeckt, auf der eine dünne Schicht Gras und Blätter verteilt war.

»Man muss sehr in Eile sein, dass man diese Bodenunebenheit nicht bemerkt«, sagte Müller.

»Joggen oder flüchten?«, rätselte Pascale Meyer.

»Jedenfalls kein Sport«, bemerkte Spring, »denn unser Mann war laut Untersuchungsbericht vollständig bekleidet.«

»Warum hat man dich nicht gleich am Tag des Auffindens der Leiche informiert?«, fragte Heinrich seinen alten Freund. »Wir hätten uns ein besseres Bild machen können.«

»Weil die örtliche Polizei von einem Unfall ausgegangen ist.« Bernhard seufzte vernehmlich. »Erst der zugezogene Arzt hat, als er den Toten aus der Grube heben wollte, bemerkt, dass er aufgepfählt worden ist. Er hat ihn in die Rechtsmedizin nach Bern überführen lassen, und die haben uns benachrichtigt.«

»Das hat sich bestimmt schnell herumgesprochen, nach all den Spuren zu urteilen«, stellte Nicole Himmel fest. »Der Boden ist ja völlig zertrampelt. Da kann man nicht einmal mehr feststellen, aus welcher Richtung das Opfer gekommen ist.«

»Wir müssen zuerst die Unfallhypothese ausschließen«, erklärte der Störfahnder und machte sich an die Tatortbeschreibung. »Die Grube ist nicht natürlichen Ursprungs. Sie ist mit Absicht ausgehoben und zugedeckt worden. Unten stecken drei zugespitzte Pfähle im Erdreich. Der Tatort ist also vorbereitet worden.«

»Fragt sich nur, zu welchem Zweck«, ergänzte Müller.

»Und für wen?«, überlegte Pascale.

»Ich habe jedenfalls noch nie etwas Ähnliches gesehen, außer vielleicht in alten Wildwestfilmen«, sagte Nicole.

Spring erläuterte, indem er im Untersuchungsbericht blätterte: »Der Ortspolizist hat erklärt, solche Fallen seien früher für Wölfe und Bären gelegt worden. Aber davon gibt's schon längst keine mehr.«

»Vielleicht wollte man einen Luchs fangen?«, fragte Pascale.

»Fangen nicht. Die Fallgrube war von Anfang an aufs Töten ausgelegt«, erläuterte Müller. »Die Frage ist bloß, ob wir es mit einer Tierfalle zu tun haben, in die zufälligerweise ein Mensch gestürzt ist, ein wahrscheinlich gehetzter Mensch, oder ob sie von allem Anfang an darauf angelegt war, irgendeinen oder einen ganz bestimmten Menschen zu töten.«

»Erst wenn wir diese Absicht nachweisen können, müssen wir von Mord ausgehen«, sagte Spring. »Erst dann sind wir zuständig.«

»Die andern Möglichkeiten riechen ein bisschen sehr nach viel zu vielen Zufällen«, wandte Pascale Meyer ein.

»Kennt man wenigstens inzwischen den Namen des Opfers?«, fragte der Detektiv.

»Hubert Welsch«, las Spring nach, »wohnhaft in Biel. Seine Frau hat ihn gestern vermisst gemeldet. In den Kleidern des Toten hat man keine Papiere gefunden.«

»Also Mord«, schloss Müller. »Wenn jemand die Mühe auf sich nimmt, einem in einer Wolfsgrube Verstorbenen die Ausweispapiere zu klauen, war er jedenfalls nicht alleine hier.«

Ein Auto hatte sich dem Standort der Berner genähert. Aus dem Wagen heraus stieg ein schmächtiger Mann, dessen matte Augen übernächtigt glänzten.

»Christian Blöchlinger«, stellte er sich vor. »Ich habe von der Zentrale gehört, dass Sie hierher kommen.« Ein leichter Vorwurf schwang in seiner Stimme.

»Wir wollten uns ungestört ein Bild vom Tatort machen«, erklärte der Störfahnder. »Denn offensichtlich zieht die Anwesenheit der Polizei gleich eine Menge Schaulustige an.« Er zeigte auf das zertrampte Gras.

»So was spricht sich halt in einem Dorf schnell herum«, meinte Blöchlinger. »Ich kann den Leuten ja nicht verbieten, spazieren zu gehen.«

»Aber eine Absperrung für die Spurensicherung wäre doch möglich gewesen?«, wollte Spring wissen.

»Bringt nicht viel«, protestierte der Polizist und zuckte die Schultern.

»Damit nicht noch einer reinfällt«, ergänzte Pascale.

»So blöd sind die Einheimischen denn doch nicht«, erwiderte der Angesprochene beleidigt.

»Aber einer von ihnen war so blöd«, bemerkte Müller.

»Es war ja auch ein Auswärtiger. Von den Eingeborenen fehlt keiner«, kommentierte Blöchlinger schon etwas entspannter. »Jedenfalls gibt es keine Vermisstenanzeige.«

»Haben Sie wenigstens eine Spur erkannt, die uns zeigen könnte, woher der Mann gekommen ist?«, fragte der Störfahnder.

»Schwierig zu sagen.«

»Es stehen doch zwei Bauernhöfe dort unten. Man hätte ihn also sehen können. Oder wenn er durch das Dorf gekommen ist.«

»Schon«, sagte Blöchlinger. »Aber wenn der Bauer grad im Stall war. Und glauben Sie mir, der Bauer ist fast immer im Stall, wenn etwas Ungewöhnliches geschieht.«

»Und die Familie hilft ihm beim Umschichten des Heuhaufens«, erklärte Nicole.

Sie betrachtete die Bauern wie Hottentotten oder Neufundländer und das Leben auf dem Lande so, als ob das Fegfeuer ein Tanzsaal dagegen wäre.

»So ungefähr. Wenn der Mann aber über das Waldsträßchen gerannt ist, sieht man keinerlei Spuren im Schotter.«

»Unwahrscheinlich. Denn wieso sollte er ausgerechnet an dieser Stelle einen Satz auf die Seite gemacht und sich in die Grube gestürzt haben?«, gab Müller zu bedenken. »Eher ist er übers Feld gekommen und hat sich hier in den Wald flüchten wollen.«

»Sagt Ihnen der Name Hubert Welsch etwas?«, fragte der Störfahnder.

»Nein«, entgegnete Blöchlinger. »Es gibt zwar eine Familie dieses Namens in der Region. Ich bin erst vor ein paar Jahren aus dem Zürcherischen hierher an diese Stelle gekommen, aber ich kenne fast jeden. Die Einwohner der Gemeinde Twann-Tüscherz sowieso, und die meisten Ligerzer auch. Hubert heißt keiner.«

»Eine letzte Frage«, sagte Spring. »Wenn es hier herum einen Grund gibt, jemanden zu ermorden, jemanden mit so viel Aufwand gezielt um sein Leben zu bringen, was könnte der Anlass dafür sein?«

Der Dorfpolizist zuckte die Schultern. »Dieselben Motive wie andernorts auch. Eifersucht, verschmähte Liebe, Betrug. Früher hätte man wohl gesagt, irgendwas im Zusammenhang mit dem Weinbau. Aber seit der Güterzusammenlegung gibt es für heftige Streitigkeiten kaum mehr Gründe, für Mord und Totschlag sowieso nicht.«

»Wir könnten ja gleich einen Wünschelrutengänger konsultieren«, schlug Nicole vor, als sie wieder im Wagen saßen.

»... oder eine Astrologin befragen«, ergänzte Pascale.

»Vielleicht das Tomatenorakel?«, konterte Nicole.

Alle schauten sie leicht befremdet an.

»Du schneidest eine Tomate entzwei, Anzahl und Lage

der Kerne und ihre Positionen zueinander geben dir Antwort auf alle Fragen, die du niemals stellen wolltest.«

Bernhard Spring suchte noch am selben Nachmittag die Frau des Verstorbenen auf, brachte jedoch, nachdem er die Identität des Toten bestätigt hatte, kein vernünftiges Wort aus der Verzweifelten heraus und verschob eine Vernehmung auf später.

DIENSTAG, 20.7.2010

Die grau-schwarzen Schieferplatten schluckten die grellen Sonnenstrahlen und wirkten matt neben der geschwungenen Reihe von Fenstern, die in den Boden eingelassen waren und hinter einem Metallgeländer das Mittagslicht spiegelten. Der Rasen rundherum war von der Hitze verbrannt, nur an den bewässerten Stellen leuchtete er in sattem Grün. Der Blick schwenkte über den See, über dem leichter Dunst lag, bis in die Voralpen, die typische Sicht von erhöhter Lage am Jurasüdfuß.

Aber nicht um die Architektur von Mario Botta zu bewundern, waren Bernhard Spring und Heinrich Müller an diesem strahlenden Sommertag nach Neuchâtel – oder deutsch Neuenburg – gerufen worden. Sie standen auch nicht aus literarischen Gründen auf der Terrasse des Centre Dürrenmatt, das dem ehemaligen Wohnhaus des Schweizer Schriftstellers angegliedert war – oder war eher das Wohnhaus dem Architekturdenkmal angeschlossen?

Jedenfalls durchbrach ein hingeworfener Männerkörper die strenge Eleganz des Terrassenbodens, und ein glänzend bordeauxroter Fleck Feuchtigkeit kontrastierte mit dem Schwarz der edlen Steine. Kein zu später Stunde ausgeschütteter Trank eines Weinliebhabers, sondern Blut, das aus einer tiefen Wunde geflossen war.

In Neuchâtel hatte Spring normalerweise nichts zu suchen, und die welschen Kollegen waren durchaus fähig, Tötungen aufzuklären. Denn um eine Tötung handelte es sich hier mit Bestimmtheit. Die Wunde stammte von einer großkalibrigen Kugel aus einer Pistole oder einem Revolver. Gut gezielt, mitten ins Herz, der Mann hatte nicht lange zu leiden gehabt.

Nein, die Neuenburger Polizei hatte den Störfahnder aufgeboten, weil der Tote ein Berner war, jedenfalls so weit man den Ausweispapieren glauben konnte, die er auf sich trug. Dazu kam: Nicht einfach irgendein Berner, sondern Henri Knecht, das Aushängeschild der SEBP, der Staatserhaltenden BürgerPartei, Großrat im Kanton Bern sowie wegen seiner guten Beziehungen zu den Winzerregionen zuständig für den Aufbau der Parteisektionen in der Westschweiz. Als einer der wenigen gestandenen Kollegen mit ausreichenden Französischkenntnissen hatte er den Auftrag gerne übernommen. »Inmitten der Mitte« warb die SEBP auf flächigen Plakaten für sich, was sich auf Französisch leider schon mal schlecht übersetzen ließ, denn mit »Au milieu du milieu« verbanden Frankophile eher das horizontale Gewerbe als eine bürgerliche Partei, die ohnehin erst seit 20 Jahren existierte.

»Nehmen Sie le Großrat avec vous à Berne«, sagte der Kommissar der Neuenburger Kantonspolizei, »wir wollen keinen Scandale hier. Er gehört Ihnen.«

Nun entsprach dies nicht genau dem protokollarischen Vorgehen, aber da sich die Neuenburger Bevölkerung in den letzten Jahren über eine exaltierte Stadtpräsidentin und laufende Untersuchungen gegen einen Regierungsrat bereits genügend aufgeregt hatte, wollte man eine zusätzliche Belastung vermeiden. Zwar war die Zuständigkeit der lokalen Polizei aufgrund des Tatortes klar, andererseits lag der Lebensmittelpunkt des Getöteten im Kanton Bern, also würde sich daraus so oder so ein Streit ergeben, dem man mit einer unbürokratischen Lösung vielleicht zuvorkommen konnte, damit nicht – wie in andern Fällen geschehen – das Bundesgericht als oberste Instanz darüber befinden musste. Das dauerte bekanntlich Jahre, und so lange konnte in einem Tötungsdelikt kein Mensch warten.

»Wir geben Ihnen eine Ambulance«, sprach der Neuenburger weiter, »Sie bekommen Untersuchungsbericht und alle Vollmachten, aber machen Sie schnell. Der Mann … il pue déjà un peu.«

»Hat der Rechtsmediziner seine Arbeit beendet?«, fragte Spring, dem das Ganze doch etwas unheimlich war.

»Ja.«

»Dann drehen Sie das Opfer bitte um.«

Springs Wunsch wurde Genüge getan. Er hatte eine dünne Gestalt vor sich, die in ihren Kleidern schlotterte, ein drahtiger, sportlicher, asketischer Mensch mit schwarzen, kurz geschnittenen Haaren, deren graue Strähnen unter der in der Hitze schmelzenden Tönung immer deutlicher wurden. Schmal waren seine Augen, seine

Ohren, schmal war seine Nase, er machte einen gehetzten Eindruck.

»Der Mann wirkt nicht glücklich«, bemerkte Müller.

»Hast du schon eine glückliche Leiche gesehen?«, brummte der Störfahnder.

»Zufrieden vielleicht. Aber wie du weißt, ist das Betrachten von Leichen auch nicht das Hauptelement meines Berufes. Da geht es eher um Versicherungsbetrug und untreue Ehemänner mit Geld.«

»Da du in letzter Zeit stets an meiner Seite bist, wirst du dich daran gewöhnen müssen. Denn es ist leider zu einer meiner Hauptaufgaben geworden, Tote näher in Augenschein zu nehmen.«

»Er hat sich nicht rasiert«, stellte Müller fest. »Seine Gesichtshaut schimmert dunkelblau. Mindestens drei Tage her. Das passt nicht ganz zu seiner gepflegten Erscheinung.«

»Die schwarze Baumwollhose, der rote Wollveston und der hellbraune Schal passen auch nicht exakt zur Jahreszeit«, erklärte Spring. »Es sei denn, er kommt direkt vom Jungfraujoch.«

»Zwei Morde in einer Woche! Ein bisschen viel für Bern und Umgebung, findest du nicht?«, sagte Müller zu niemand Bestimmtem.

»Meurtre?«, schnappte der Neuenburger nach Luft. »Et comment? Zwei Morde?«

»Haben aber bisher nichts weiter miteinander zu tun, als dass sie in der Luftlinie nur gut 20 Kilometer voneinander entfernt geschehen sind. Vom andern Opfer kennen wir nur den Namen. Jetzt untersuchen wir natürlich, ob es Zusammenhänge gibt. Aber auf den ersten Blick haben die beiden Tötungen nichts miteinander zu tun. Weder das Vorgehen noch die Opfer lassen auf Gemeinsamkeiten schließen«, erklärte der Störfahnder. »Hier ein Politiker, der demonstrativ an einem allen zugänglichen öffentlichen Ort erschossen worden ist, dort ein Familienvater, den man in eine primitive Falle gelockt und seiner Habseligkeiten beraubt hat.«

»Das ist mir egal«, sagte der Kommissar. »Tun Sie Ihre Arbeit. Ich empfehle mich. Meine Karte, falls Sie mich noch einmal brauchen. Bonne chance!«

Einen derartigen Abgang hatten die beiden von einem Westschweizer noch nie erlebt. Es war eher eine Flucht als ein freundeidgenössisches Abschiednehmen.

»Soll ich das Wort sagen?«, fragte Müller leise.

»Bitte. So lange ich im Dienst bin, bist du dafür zuständig.«

»Scheiße!«, brüllte der Detektiv über die Brüstung der Terrasse auf den See hinaus, und nach der leider nicht mehr so beliebten Chaos-Theorie hätte dieser inbrünstige Ausruf auf dem Wasser mindestens eine kleine Windhose hervorrufen müssen.

Aber nichts geschah.

Nicht einmal der Tote rührte sich vom Fleck. Zwei Sanitäter standen abseits im Gras, rauchten eine Zigarette und warteten auf einen Einsatzbefehl, den ihnen nun Bernhard Spring mit einer müden Geste erteilte. Sie schoben ein zusammenklappbares Gestell auf den Bergamasker Schiefer aus Branzi und hoben den Aufbaupolitiker aus Bern auf den Schragen. Um die Beseitigung des Blutes und allfälliger anderer Restbestandteile des Mannes würde sich eine auf die Reinigung von Tat-, Unfall- und Leichenfundorten spezialisierte Firma kümmern.

»Das einzig Interessante am Menschen ist seine kulturelle Vielfalt. Sonst wäre er auch nur ein Affe unter vielen Affen«, sagte Müller als Abschied von der Hochkultur.

»Ich könnte jetzt ein totes Tier vertragen«, meinte Spring, nachdem sie im Auto saßen. »Aber ohne Blut.«

»Wie wär's mit einer kross gebratenen Forelle?«

»Tönt gut.«

»Dann schlage ich vor, wir fahren Richtung Val de Travers, nur gute zehn Minuten von hier nach Champ-du-Moulin. Dort liegt das Restaurant ›De la Truite‹ idyllisch auf der einzigen flachen Wiese zwischen den beiden Teilen der Gorges de l'Areuse, also der Schlucht zwischen Boudry und Noiraigue, zwischen dem Felsengpass und dem Wasserfall ›Saut de Brot‹.«

»Ja, gut, etwas Brot nehme ich auch dazu«, bemerkte der Störfahnder. Er wusste, der Witz war schlecht, miserabel, aber er hatte keinen besseren auf Lager, nicht nach diesem Morgen.

Das Restaurant war schnell aufgestöbert, ein letzter

Tisch im Freien ließ sich mitten unter den Ferienwanderern noch finden, und bis der Fisch auf dem Teller lag, spülten die beiden den Ärger mit frischem Chasselas herunter.

»Glaubst du, es ist ein literarischer Mord?«, fragte Bernhard unvermittelt, nachdem er ein Weilchen über seinem Glas gegrübelt hatte.

»Wie meinst du das?«, entgegnete Heinrich.

»Das Centre Dürrenmatt als Handlungsort. Etwas gar pathetisch, findest du nicht? Vielleicht will uns jemand einen Hinweis geben.«

Müller fiel nichts ein, was er darauf erwidern konnte.

»Ich meine«, fuhr Spring fort, »Dürrenmatt hat doch Kriminalromane geschrieben. Vielleicht geben die einen Hinweis auf ein Motiv. Denn aus dem Profiling wissen wir, dass uns Täter mit einem symbolischen Tatort etwas mitteilen möchten.«

»Das war aber schon in Gaicht der Fall«, überlegte Müller weiter. »Möglicherweise hängen die beiden Delikte ja doch zusammen.«

»Vorerst an einem seidenen Faden«, sagte der Störfahnder noch, bevor er sich dem Fisch auf seinem Teller widmen konnte und darüber für ein paar Augenblicke die Übel dieser Welt vergaß.

MITTWOCH, 21.7.2010

1984 hatte Heinrich Müller nach reiflicher Überlegung in einem Elektronikgeschäft auf Hongkong Island einen kombinierten Wecker-Taschenrechner gekauft, einen Casio Multi Alarm Clock CQ 82, ein Tischmodell mit flachen Bedienungstasten und schräg aufgerichteter Anzeige mit Hintergrundbeleuchtung. Er war 26 Jahre später noch immer im täglichen Einsatz. Es gab auch die dafür benötigten Batterien noch. Ein kleines Wunder in einer Welt, in der jede digitale Kamera mit anderen Akkus ausgerüstet war und die Speicherträger aus jener Zeit von keinem Computer mehr gelesen werden konnten. Eines allerdings hatte sich verändert: Er brauchte heute eine Brille, um die Zahlen zu entziffern.

Möglicherweise wäre es vernünftig, sich nach einem neuen Wecker umzuschauen, bevor der Casio seinen Dienst versagte. Es gab ja letzthin Geräte, die einen nicht mehr mit lautem Grellen aus dem Schlaf rissen, sondern sanft in den Tag hinübergeleiteten, mit langsam lauter werdender Musik, dem Läuten von Kuhglocken, mit einem quakenden Frosch oder dem morgendlichen Gesang einer jungen Amsel.

»Auf keinen Fall kommt mir so ein Wecker ins Haus«, entrüstete er sich. »Ich will mich nicht daran gewöhnen, jedes Mal zu erwachen, wenn ein Vogel pfeift.«

Er hatte zu Leonie, seiner Freundin und Lieblingsbardame, gesprochen, die sich noch einmal umdrehte. Heinrich doppelte nach: »Millionen Milben, von deren Sozialleben wir keinerlei Ahnung haben, sind jetzt mit mir zusammen aufgewacht.«

»Sozialleben?« Leonie saß mittlerweile im Bett und schaute sich entsetzt um. »Du meinst, die haben Sex auf meiner Matratze?«

»Nicht nur das! Was bedeuten wir denn für diese Spinnentiere, die nur einen Zehntel Millimeter messen? Riesige schuppenbedeckte Monster, von denen ständig Hautstückchen runterfallen, ihre Hauptnahrung, die sie fressen, verdauen und deren Reste sie auf unseren Laken ausscheiden.«

Leonies Hand zuckte zurück. Dann beruhigte sie sich wieder. »Andererseits würden wir früher oder später in unseren eigenen Hautzellen ersticken, die sich zu Staubhaufen ballen. Stell dir vor, das Monster Mensch legt sich ins Bett. Das erschüttert die Lebensgrundlage der Milben, dagegen ist ein heftiges Erdbeben ein leichtes Rütteln.«

Das Klingeln des auf antik gemachten Telefons unterbrach ihr Gespräch.

»Bist du bereit?«, fragte der Störfahnder.

»Es ist ganz schön was los im Polizeihauptquartier Waisenhaus. Man hat mich zu einer Einsatzbesprechung bestellt. Es wird darüber diskutiert, mir den Fall wegzunehmen und eine SOKO zu gründen. Der Kommandant steht unter enormem politischem Druck«, sagte Spring, nachdem er den Wagen gestartet hatte.

»Wieso das denn?«

»Halt dich fest. Beide Tote sind wichtige Mitglieder der Staatserhaltenden BürgerPartei SEBP. Es herrscht Panik. Einer der Parteiexponenten hat im Büro des Chefs herumgetobt. Es geht nichts an die Öffentlichkeit, solange wir keine Fortschritte gemacht haben. Alle Abteilungen sind vorrangig mit den beiden Fällen befasst.«

»Heißt das, wir werden über kurz oder lang abgezogen?«

»Also, von dir und Nicole weiß vorerst niemand. Und mich werden sie wahrscheinlich weitermachen lassen wie immer. Neben der offiziellen Kommission, ohne besonderen Auftrag. In der Hoffnung, dass wir entscheidende Hinweise liefern.«

»Und die Chefs ernten die Lorbeeren.«

»Dafür dürfen sie mit den Politikern streiten.«

»Und was tun wir, bis sie die Zuständigkeiten neu definiert haben?«

»Wir machen dort weiter, wo wir angefangen haben. Schließlich haben wir einen Vorsprung von ein paar Tagen. Übrigens sind die Berichte der Rechtsmedizin reingekommen.«

»Irgendwelche Neuigkeiten?«

»Nur wenige. Technische Details zur verwendeten Schusswaffe: Man hat eine 9-Millimeter-Patrone gefunden, wahrscheinlich aus einer Pistole mit Schalldämpfer abgefeuert. Das legt die Rillenbildung am Geschoß nah.«

»Und erklärt, weshalb innerhalb des Centre Dürrenmatt niemand etwas vom Mord mitbekommen hat.«

»Fingerabdrücke negativ, das heißt nur die eigenen. Der Tote in der Wolfsgrube ist nach ein paar Stunden, der andere kurz nach dem Schuss aufgefunden worden.«

Springs Handy piepte kurz. Er las die SMS und sagte dann: »Der Parteichef kriegt Personenschutz, zwei Beamte rund um die Uhr.«

»Ist er gefährdet?«

»Eher nicht, denn er stammt aus dem Kanton Zürich und hat mit den beiden Berner Opfern nichts zu tun, die sitzen ja nicht einmal im Nationalrat.«

»Macht sich aber gut für die Presse. Fehlt nur noch, dass sie den nationalen Notstand oder Terrorismusalarm auslösen.«

Spring seufzte und erklärte: »Du wirst dich wundern, das haben sie bereits getan.«

»Wie denn?«

»Hast du noch keine Zeitung gelesen? Mit einem ganzseitigen Inserat!«

»Wann haben sie denn von den Taten erfahren? Noch vor uns?«, fragte Müller.

»Das gerade nicht, aber jemand aus der Polizeizentrale wird sie zügig informiert haben. Manchmal befinden sich die politischen Interessen auf einer ähnlichen

Ebene. Die Zeitung liegt auf der Rückbank. Direkt nach der Wetterseite.«

Müller bückte sich nach hinten, zog das Blatt zu sich heran und schlug die entsprechende Anzeige auf.

»Was für ein Unsinn«, seufzte er und zitierte: »So weit haben es die anderen Parteien kommen lassen! Jetzt wird die SEBP direkt angegriffen. Zwei Opfer in zwei Tagen! Meuchelmord! Es war nur eine Frage der Zeit, bis der Mob zur Waffe greift. Wer in diesem Land die Wahrheit sagt, ist an Leib und Leben gefährdet. Und was tut die Polizei? Sie stellt sich schützend auf die Seite der Täter, indem sie aus ihrem unterbesetzten Kader gerade mal einen windigen Fahnder mit dem Fall beauftragt, einen Menschen, der in andern Fällen schon viel Unheil angerichtet hat mit seiner Komödiantentruppe und den Helfern einer unseriösen Privatdetektei. Schlamperei und Unvermögen sollen uns nicht aufhalten, unseren Auftrag zu erfüllen und den Wählerwillen umzusetzen!«

»Du hast das Wort schon einmal gesagt, du brauchst es nicht zu wiederholen«, sagte der Störfahnder. »Aber Vorsicht ist nun oberstes Gebot.«

»Solange du Pascale Meyer und Cäsar Schauinsland im Griff hast, wird alles gut«, spottete der Detektiv.

Dann waren sie an Henri Knechts Wohnung im Obstberg angelangt. Auf ihr Klingeln öffnete eine schwarz gekleidete Frau mittleren Alters, deren Augen verweint waren, allerdings nicht in dem Ausmaß, dass das Make-up betroffen gewesen wäre.

Spring stellte sich vor.

»Und Sie sind?«

»Marie-Claude Maibach, Lebenspartnerin von Henri Knecht.«

»Dürfen wir reinkommen?«

»Nein. Lieber nicht.« Sie stellte sich auf die Türschwelle. »Wir besprechen gerade die Details der Beerdigung.«

»Haben Sie denn Bescheid gekriegt, wann die Leiche freigegeben wird?«, stotterte Spring, um zögernd fortzufahren: »Entschuldigen Sie, wir wollten kondolieren.«

»Und ein paar Fragen stellen«, ergänzte Müller.

»Wer ist das denn?«, stammelte die Angesprochene und schaute ihn an wie einen räudigen Hund. Dann nahm sie sich doch ein wenig zusammen und sagte: »Nein, ich habe noch keinen Bescheid bekommen. Wie lange kann das denn dauern?«

»Das hängt vom Fortgang der Ermittlungen und von den Untersuchungen der Rechtsmedizin ab. Da wir es mit einem schwierigen Fall zu tun haben, bei dem wir keinerlei Anhaltspunkte auf einen Täter …«

»… oder eine Täterin …«, betonte Müller.

»… haben, wäre es sehr hilfreich, wenn Sie uns Hinweise geben könnten, die den Ablauf der Untersuchungen beschleunigen.«

»Ich weiß aber nichts«, winkte Frau Maibach ab.

»Hat Herr Knecht nie von Schwierigkeiten gesprochen oder von Menschen, die ihn nicht leiden konnten?«, erkundigte sich Spring.

»Beinahe jeden Tag«, sagte Marie-Claude Maibach, »aber das waren alles parteipolitische Querelen, nichts Außergewöhnliches. Dieses Problem hat wohl jeder Politiker.«

»Keine Drohbriefe, anonyme Anrufe, SMS?«

»Ist mir nicht bekannt. So weit gingen die Animositäten nicht«, erklärte sie.

»Dürfen wir uns in der Wohnung umsehen?«, fragte Spring.

»Hören Sie. Ich kenne die genauen Abläufe Ihrer Ermittlungen nicht, oder jedenfalls nur so gut wie jeder andere Fernsehzuschauer. Aber die Anwälte der SEBP haben mir angeraten, der Polizei keine Auskunft zu geben und Sie nur mit einem offiziellen Durchsuchungsbeschluss in die Wohnung zu lassen.«

»Sie haben sich beraten lassen?«, wollte Müller wissen.

»Nein. Die Parteifreunde sind ohne Aufforderung hier vorbeigekommen. Ich hätte Ihnen gerne weitergeholfen«, versicherte sie mit einem maliziösen Lächeln, »schließlich macht es nun den Eindruck, ich wüsste mehr über die Sache, als ich Ihnen sagen würde. Aber so ist es nicht. Und ich bin sicher, dass ich Sie deswegen nicht so schnell wieder los werde und es ewig dauern wird, bis ich die Angelegenheiten meines Freundes regeln kann.«

»Das nervt«, sagte Spring.

»Das nervt unendlich, und Sie können mir glauben, dass ich alles tun würde, um die ganze Sache zu beschleunigen. Man wird allzu schnell durch die Skandalpresse geschleppt und mit schrecklichen Mutmaßungen überhäuft. Das schadet dem Geschäft.«

»Welchem Geschäft?«, fragte der Detektiv.

»Kennen Sie denn meinen Namen nicht?«, entgegnete die aufblondierte 40-Jährige beinahe schon entrüstet.

»Sollte ich?«

»Maibach Communications. Klingelt etwas?«

Die beiden Herren schauten sich staunend an.

Die Dame stöhnte leise. »Ich organisiere Schönheitswettbewerbe. Ein kleiner Skandal, sagen wir mal, im sehr persönlichen Bereich, kann nicht schaden. Ein großer Skandal macht das Geschäft total kaputt.«

»In Schönheit ist er gerade nicht gestorben, Ihr … Knecht«, murmelte Müller.

»Ihre finanziellen Umstände sind derart, dass Sie von einem Tod des Herrn Knecht nicht profitieren würden?«, wollte der Störfahnder nach einem strafenden Blick auf den Detektiv wissen.

»Na hören Sie mal, jetzt ruf ich gleich die Anwälte an.«

»Werden ja von der Partei bezahlt«, spekulierte Müller.

Frau Maibach schnappte nach Luft, dann verkündete sie verschwörerisch: »Gerade deswegen würde ich doch keinesfalls meinen Goldesel schlachten.«

Obwohl die beiden Tötungsdelikte noch nicht in der Presse breitgeschlagen worden waren, hatten sie doch schon eine ganze Menge Leute aufgescheucht.

Die Bieler Polizei hatte die Familie von Hubert Welsch besucht, war jedoch ergebnislos wieder abgezogen, denn der Schock saß nach wie vor tief, und es gab keinerlei Vermutungen, weshalb jemand dem Familienvater derart mitgespielt haben sollte.

»Ich versteh das nicht«, sagte Spring, als er mit Heinrich das Büro betrat, »auskunftsfreudig sind die Leute nicht gerade. Entweder haben alle etwas zu verbergen ...«

»Wovon man bei Familien nicht unbedingt ausgehen muss.«

»... oder sie haben keine Ahnung, was ihre Angebeteten oder ihre Ernährer hinter ihrem Rücken alles tun.«

»Reine Spekulation«, gab der Detektiv zu bedenken.

»Du bist doch sonst der Mann für Fantasien. Gehen Sie dir ab?«

»Nein, aber ohne Fakten kann man auch nichts dazuerfinden, noch nicht mal als Schreckschuss.«

»Hältst du die Morde oder die Opfer für zufällig?«

»Nein. Es sieht nach sehr ausgeklügelten und gezielten Exekutionen aus.«

»Also muss es dafür auch Motive geben, und zwar nicht zu knapp. Da kommt simple Untreue nicht infrage. Dafür ist der Aufwand zu groß.«

In diesem Moment stürzte Pascale Meyer durch die Tür.

»Bernhard!« Sie überreichte ihrem Chef ein Blatt Papier. »Das ist eine Fotokopie. Das Original liegt bei der Spurensicherung.«

»Ein Bekennerschreiben?«, fragte der Störfahnder.

In sauberem Laserdruck, neutrale Großbuchstaben Arial 24, war auf dem Blatt zu lesen: »Zwei Köpfe der Hydra sind gekappt. Achtet darauf, dass sie nicht nachwachsen. Ihr müsst die Stümpfe ausbrennen. Die üblen Geschäfte dulden keinen Unterbruch. Wenn die Polizei jetzt nicht handelt, wird es weitere Opfer geben. Ein jeder stirbt nach dem, was er im Leben geleistet hat. Wenn der Spruch nicht in der Bibel steht, ist er von mir.«

»Ein Wahnsinniger«, sagte Pascale.

»Aber ein Wahnsinniger, der sich in der griechischen Mythologie auskennt«, erläuterte Heinrich. »Die Hydra war eine Wasserschlange mit neun Köpfen. Wenn man einen davon abschlug, wuchsen zwei neue nach. Erst Herakles konnte sie bezwingen, indem er die Hälse der abgetrennten Köpfe mit dem Feuer einer Fackel verbrannte.«

»Gruselig.«

»Und es tönt wie ein Auftrag«, ergänzte Bernhard.

Zu Hause erwartete Heinrich Müller eine weitere Überraschung. Peter Hofer, der Kontaktmann der Versicherung, für welche die ›Detektei Müller & Himmel‹ hauptsächlich arbeitete, hatte ausrichten lassen, er möge möglichst heute noch zurückrufen.

Einmal am Apparat, erklärte Hofer, die beiden getöteten SEBP-Parteileute seien bei ihnen versichert gewesen. »Die Partei hat eine Police für alle in öffentlichen Ämtern stehenden Politiker abgeschlossen. Falls ihnen etwas zustößt, das mit dem Amt zusammenhängt. Das hat jedenfalls der Parteisekretär gesagt.«

»Versicherungssumme?«, hakte Müller nach.

»Bis zu fünf Millionen pro Schadenfall.«

»Ganz schön hoch«, meinte der Detektiv.

»Normalerweise risikolos, denn wann ist schon einem Schweizer Politiker im Amt etwas geschehen?«

»Haben Sie den Amoklauf im Zuger Parlament bereits verdrängt?«, fragte Müller.

»Nein, das nicht, aber damals wurde diese Versicherung erst ins Auge gefasst«, antwortete Hofer.

»Und was ist nun meine Aufgabe?«, wollte der Detektiv wissen.

»Ermitteln Sie unabhängig von der Polizei, meinetwegen in Zusammenarbeit mit diesem Störfahnder, damit Ihnen die wichtigsten Daten zugänglich sind. Aber Sie wissen schon: Ein Hinweis darauf, dass die Todesfälle eher mit persönlichen als mit parteilichen Angelegenheiten in Zusammenhang stehen, würde uns enorm weiterhelfen.«

FREITAG, 23.7.2010

Die Stube war düster und voll unerträglicher Fliegen, welche die gelben Vorhänge schön schwarz punktiert hatten, die Tische ringsum mit Eisen beschlagen, damit die Gäste sich nicht im Schnitzerhandwerk üben möchten wie Buben in der Schule.

Im ›Löwen‹ herrschten Bedingungen wie kurz nach dem Urknall: Chaos, extreme Hitze, sich verbindende und wieder trennende Elemente, grelles Licht, laute Musik (Eric Burdons ›Ring of Fire‹ in der langen Fassung) und eine brutale Gravitationskraft, die vom Parkettboden ausging und der nicht alle Gäste widerstehen konnten.

Eigentlich interessiert das ja niemanden, denn der ›Löwen‹ war seit Jahren geschlossen und nun für ein paar Tage wieder hergerichtet worden. Es sollte ein Sommerfest gefeiert werden, wie es der Bielersee noch nie gesehen hatte. Mühselig wurden die Räumlichkeiten auf Vordermann gebracht, sackweise Müll entsorgt, bis ein improvisiertes Dekor angebracht und eine ebensolche Bühne aufgestellt werden konnten. Als Teil der Inszenierung traten die Gäste durch einen Samtvorhang ins Lokal. Je nach der Art des Themenabends konnte die Dekoration schnell angepasst werden. Nackte Badende, auf einen blauen Hintergrund projiziert, weckten bei den männlichen Gästen unberechtigte Hoffnungen. Aber es war auch ›Der letzte Zecher‹ im Programm, und die Männertoiletten erinnerten an das Restaurant ›Zum Frührentner‹.

Wer sich dorthin begab, fand sich im Pissoir vor einer Schüssel, die bereits 1917 Marcel Duchamps zu Ruhm verholfen hatte, als er sie, verkehrt herum ausgestellt und mit »R. MUTT« signiert, der Welt als Ready-Made verkaufte. Hier und heute erleichtert sich der Bedürftige in einem Bassin, in dem ein engmaschiges weißes Plastikgitter als Zigarettenkippen- und Abfallstopp lag, darin aufgesteckt ein grünes Tor, in dem an einem Plastikfaden ein Ball hin und her schwingt, wenn ihn der Urinstrahl trifft. So etwa darf man sich das gastronomische Potenzial des ›Löwen‹ vorstellen.

Da wurde zuerst der Sigrist zu red gestellt, warum er in seinem Haus statt und plaz zu dem gottlosen Kilt gegeben? wider die Hochoberkeitliche Ordnung Kirschenwasser ausgewirthet und zwar bis am morgen umb 3 uhr? Ja in seiner Stuben tanzen lassen, in welches Winterzeit ein theil des Gottesdiensts, nemlich die Examina der alten, gehalten werden? Der Sigerist verantwortete sich also: Er habe von diesem Kilt nichts gewusst. Es seyen nach dem nachtesen etliche gute Freünd zu Ihme zum liecht kommen, mit denen habe er und sein haus etliche Psalmen gesungen. Darauf sey eine schaar junger Leuthen nach der anderen mit seinem höchsten unwillen in sein haus gekommen, die ihne genöthiget, ihnen Brennts zu trinken zu geben: Laugne auch nicht, dass getanzt worden *seye, von wem aber könne er nicht sagen, weilen er darzumalen nicht in der Tanzstuben gewesen.**

Zum Ambiente gehörte auch eine Gartenanlage mit Reblaube im Mittelgang, zum See hin offen mit weitem Blick über das grünliche Wasser, das bei diesem scheußlichen Wetter nicht zum Baden einlud. Innert einem Tag waren die Verhältnisse gekippt, war der Hitzesommer einem Gewitter- und Bisentag gewichen, der die meisten Gäste ins Lokal hinein trieb. Einzig Nicole Himmel versah vorerst noch den Terrassendienst für die vereinzelten Gäste, die es vorzogen, draußen zu sitzen. Denn Nicole hatte sich zur Verfügung gestellt. Als Ethnologin und mit ihrer Erfahrung aus dem Emmental hatte sie das völkerkundliche Vorwissen für Feldstudien bei den Aborigines. Deshalb hatte sie sich um diesen Aushilfsjob beworben, außerdem hatte sie ja bereits Erfahrung im Gastgewerbe. Trotz dem kühlen Wind war die Luft im Gärtchen fast schlechter als in der Gaststube, weil sich hier die Nikotinabhängigen in beredtem Protest gegen das Rauchverbot in öffentlichen Räumen versammelt hatten.

Vor Nicole saß eine junge Frau, die artig gefragt hatte, ob noch ein Tisch frei sei, obwohl sie kaum Konkurrenz hatte. Nicole nickte und musterte sie von unten nach oben. Breite, hellbraune Lederschuhe, dunkelblaue, klassische Jeans, die von kräftigen Oberschenkeln und der einladenden Hüfte ausgefüllt wurden, ein schmaler Oberkörper mit kleinen Apfelbrüsten, unter einem schwarzen Top mit

* Chorgerichtsakten aus Röthenbach im Emmental, 1745.

Spaghettiträgern versteckt, die dunkelbraunen, schulterlangen Haare hinter dem Kopf zusammengebunden. Ein offenes Gesicht mit leuchtend grünen Augen und einem vollen, aber schmalen Mund, der immer dann, wenn sie nachdachte, leicht geöffnet war, wie ein erstauntes kleines O. Die weichen Falten im Gesicht wirkten frisch, diejenige am Hals verwies auf ein späteres Doppelkinn.

Annina war Tänzerin in einem Nachtlokal mit dem schönen Namen ›Schlackerndes Bein‹, eine Art heruntergekommener Club, der seine vorwiegend männlichen Trinker mit zweitklassigen Attraktionen beglückte, wie einer Hundedressur, Schauspieler-Imitatoren, vergessenen Komikern und ein paar halb nackten Damen, die im ›Moulin Rouge‹ nicht mehr gebraucht wurden. Was Annina nach Ligerz verschlagen hatte, blieb unklar.

Nach wenigen Minuten gesellte sich ein älterer Mann zu ihr, und Nicole überhörte folgende Konversation:

»Wenger ist mein Name, Arno Wenger.«

Die Frau streckte ihm gelangweilt die Hand hin und sagte: »Annina Kernen.«

»Hoch erfreut, junge Frau! Darf ich mich setzen?«

Ohne die Antwort abzuwarten, nahm er einen Stuhl. Annina schwieg.

»Diese Sicht! Diese Weite! Da müssen einem doch visionäre Gedanken kommen.«

»Und welche Visionen plagen Sie gerade jetzt?«, wollte Annina wissen. »Ich hoffe, sie haben nichts mit mir zu tun.«

»Wo denken Sie hin. Ich bin angestellt, um die Rebgüterzusammenlegung zu einem gütlichen Abschluss zu bringen.«

»Wie langweilig«, schnödete Annina.

»So langweilig oder spannend wie das Leben, junge Frau.«

»Also langweilig.«

»Wieso das denn? Sie kennen doch sicher jeden im Dorf.«

»Genau. Das ist es ja. Langweilig.«

»Ganz im Gegenteil«, erklärte Wenger. »Der geschäftliche Erfolg hängt von Beziehungen ab. Ich sage nur: Kommunikation!«

»Reden alle immer dasselbe hier: Wein und Wasser!«

Der Mann sagte: »Aber das ist doch kein Grund zur Verzweiflung. Sie haben hier sozusagen die Bausteine des Lebens vor der Tür.«

»Es fehlt bloß der Baumeister.«

»Das Leben ist ein Kreislauf«, meinte der Mann ohne Überzeugung.

»Ein Kreislauf der Verzweiflung, wenn einer so viel vor sich hin plappert.«

Arno Wenger wechselte die Strategie: »Sie kennen das Prinzip der sechs Schritte?«

»Ist das eine neue Gangart?«, wollte Annina wissen.

»Annina … Ich darf doch Annina zu Ihnen sagen?«

»Wenn Sie wollen …«

»Annina, das Prinzip besagt, dass Sie Ihre Traumleute

treffen können, weil zwischen Ihnen und diesen Leuten nur sechs Grad Fremdheit liegen.«

»Fremdheit?«

Wenger führte aus: »Verstehen Sie, die Theorie lautet, dass jemand, den Sie kennen, jemanden kennt, der jemanden kennt, der jemanden kennt, der denjenigen kennt, den Sie kennenlernen möchten.«

»Aha. Alles klar.«

»Wen wollen Sie denn kennenlernen? Einen Bundesrat?«

»Meine Mutter ist Gemeindepräsidentin. Sie kennt einen Bundesrat. Er ist in derselben Partei und hat schon hier an diesem Tisch gesessen. Also kenne ich ihn auch. Wollen Sie ihn kennenlernen?«

Wenger war der Verzweiflung nahe: »Also gut. Ein anderes Beispiel. Annina. Ich darf dich doch duzen?«

»Nein.«

»Also, Annina, ich bin Arno. Nehmen wir an, du hättest mich kennenlernen wollen.«

Sie sah ihn genauer an. Man wollte nicht einmal als Leiche mit ihm zusammen gesehen werden. »Wieso sollte ich Sie kennenlernen wollen?«

»Nehmen wir es nur einmal an, um die Theorie zu überprüfen. Du kennst also den Pfarrer des Dorfes ...«

Annina: »Also, das hab ich begriffen. Und der Pfarrer kennt die Frau des Bischofs.«

»Genau! ... Aber nein! Nicht die Frau des Bischofs!«

Nicole schüttelte lächelnd ihre dunkelbraunen Zapfenlocken und begab sich in den Gastraum hinein. In einer Zeitung hatte sie gelesen, dass der moderne Mensch immer noch ein paar Prozent der Gene des Neandertalers mit sich herumschleppte. War eine Auseinandersetzung aufgrund der Rebgüterzusammenlegung Ausgangslage für die Morde?

»Mädchen, noch eine Flasche Roten«, rief ihr einer zu.

Sie schaltete das Auge ein, das automatisch die Flecken aussortierte, damit es das Hässliche auf dieser Welt nicht sah. Was konnte man schon zu so einem Typen sagen? Wie zählen Sie auf zwei?

»Stößt euch der Wein auch so sauer auf?«, fragte einer am Tisch.

»Ja. Bald brauchen wir wieder ein Wendeglöcklein!«, meinte ein dritter.

»Wofür das denn?«

»Als nächtliches Warngebimmel, damit einer, der dieses Getränk im Magen hat, im Bett das Umdrehen nicht vergisst!«

»Da sitzt einer von der Rebgüterzusammenlegung draußen im Garten«, sagte Nicole, als sie den Wein brachte, »beschwert euch doch bei dem.«

»Mädchen, du weißt nicht, was du redest«, flüsterte der eine oder tat zumindest, als ob er flüstern würde.

»Wieso?«

»Du bist noch nicht lange hier«, stellte er fest. »Hast du nichts von den beiden Toten gehört?«

»Nein«, sagte Nicole.

»Dann sieh dich vor. Wer ein falsches Wort zur unrechten Zeit sagt, begibt sich in Gefahr.«

»Nun hör schon auf, der jungen Frau Angst zu machen«, ärgerte sich sein Kumpel.

»Ist da wirklich was dran?«, fragte Nicole. »Da wurden zwei Menschen getötet wegen der Rebgüter?«

»Frag nicht zu viel und tu deine Arbeit«, kommandierte der Erste, der den Wein bestellt hatte, und lenkte das Gespräch in eine andere Richtung.

Er war ein kleiner, schmächtiger, schmutziger Kerl mit einem Gesicht, das mit dem Leder aus einer hundertjährigen Postkutsche überzogen schien.

»Sie feiern«, stellte Arno Wenger fest, der unbemerkt hinter Nicole getreten war. »Aber sie feiern nicht das Gelingen der Arbeit, das Erfüllen eines Auftrags. Sie feiern das eigene Scheitern. Sie feiern, dass sie einen Angriff auf ihr Dorf abgewehrt haben. Sie sehen einen von außen als Bösewicht, der ihr Leben durcheinander bringen will. Sie feiern einen Pyrrhus-Sieg über das Böse.«

Er zeigte auf einen alten Mann, der seit dem Eröffnungstag der Kneipe in derselben Ecke zu sitzen schien, und schickte Nicole mit einem Dreier Freisamer zu ihm hin.

»Mädchen, das ist mir lieb«, sagte er. »Weißt du, wie der Weingott zur Rebe gekommen ist?«

»Nein. Erzähl!«

»Als Jüngling ist er auf der Insel Naxos zu Fuß unterwegs, muss sich aber ausruhen, weil die Sonne sticht und brennt. Er schläft ein. Da weckt ihn ein unbekanntes Pflänzchen, das sanft seinen Fuß streichelt. Er gräbt es mit den Würzelchen aus, findet ein Vogelknöchelchen am Weg und versteckt es darin vor der glühenden Hitze. Unter seiner göttlichen Hand wächst es jedoch unverdrossen, sodass der Knochen bald zu klein ist. Da findet der Weingott einen Löwenknochen, in dem er alles verbergen kann.«

»Ausgerechnet ein Löwe?«, fragte Nicole.

Der Alte lässt sich nicht unterbrechen. »Aber es wächst weiter. Nach einer Weile findet er am Wegrand einen Eselsknochen und steckt alles hinein. Als er zu Hause angekommen ist, pflanzt er das Gewächs in die Erde, um zu sehen, was daraus wird, kann es aber von den Knochen nicht mehr trennen.«

»Und? Was wird daraus?«

»Es wird eine Rebe, deren Trauben wunderbaren Wein ergeben. Und der hat wie die Pflanze von jedem Tier etwas angenommen.«

Nicole fragte: »Vom Vogel, vom Löwen und vom Esel?«

»Genau!«, sagte der Alte, der nun aussah wie der leibhaftige Dionysos. »Sobald die Menschen den Zaubersaft kosten, singen sie fröhlich wie die Vögel. Trinken sie etwas mehr, fühlen sie in sich die Kraft und den Mut des Löwen. Und wenn sie nicht aufhören können, benehmen sie sich dumm und ungestüm wie ein Esel!«

»Aber so viel Wein war noch gar nicht im Spiel!«

»Wart's ab. Denn wenn ich das Weinjahr vor mir sehe, drohen Krankheiten und Ungemach.«

Im Schankraum ging es inzwischen hoch her. Ein Dutzend Kunden rumpelstilzte den ›Kiosk‹, als ein übles Geräusch die falschen Töne durchbrach. Es röchelte wie eine schlecht gewartete Abwasserleitung, kam aber aus der düsteren Ecke, wo ein Monstrum von einem Mensch saß, der sich nun ans Herz griff, während sein Begleitservice das Weite suchte, und zu Boden sank. Nun kann man sich ja nicht vorstellen, wie sich so etwas anfühlt, wenn man Tag für Tag die Pizza beim Hauslieferservice um die Ecke bestellt, seinen Lohn vom Bankkonto zieht und ausschließlich in der Missionarsstellung vögelt. Aber es war halt einer dieser Notfälle, in denen der Arzt nur zum Ausfüllen des Totenscheins kommt.

DIENSTAG, 27.7.2010

Gestern hatte sich Peter Hofer von der Versicherung erneut gemeldet. Er hatte die Versicherungspolicen der SEPB genauer in Augenschein genommen. Dann hatte er Heinrich Müller angerufen: »Mir sind zwei Dinge aufgefallen. Erstens handelt es sich nicht ausschließlich um Amtsträger der Partei, die bei uns versichert sind. Offensichtlich sind auch ein paar Hintermänner dabei, die in der Öffentlichkeit nicht auftreten. Das stört uns an sich nicht, widerspricht jedoch den Aussagen des Parteisekretärs.«

»Und das zweite?«

»Es gibt vier Versicherte, die im Todesfall gegenseitig als Nutznießer auftreten, oder, muss ich sagen, vierseitig. Und jetzt kommt's: Eure beiden Toten gehören auch dazu.«

Müller stieß einen Pfiff aus. »Endlich eine Spur. Das kann kein Zufall mehr sein! Wer sind die beiden andern?«

»Die beiden Opfer sind Hubert Welsch und Henri Knecht, und die beiden Überlebenden, also die mit je zwei Millionen Franken Begünstigten, heißen: André Huber und Claude Eckstein. Sagen Ihnen die Namen etwas?«

»Eigentlich nicht«, antwortete Müller, »jedenfalls sind sie auf der nationalen Politbühne nicht aufgetreten.«

»Genau das meine ich auch. Gehen Sie behutsam vor. Noch wissen weder die Familien der Opfer noch die beiden Lebenden etwas davon, dass Sie Kenntnis von den Policen haben. Das ergibt vielleicht im entscheidenden Moment einen Überraschungseffekt.«

So saßen also Bernhard Spring und Heinrich Müller bereits wieder gemeinsam im Auto und fuhren nach Biel. Am Albert-Anker-Weg parkten sie den Wagen, schräg gegenüber dem idyllisch an der Schüss gelegenen Restaurant ›L'Ecluse‹, das in einem ehemaligen Elektrizitätswerk untergebracht war.

Renate Welsch öffnete die Wohnungstür im ersten Stock und war sichtlich eingeschüchtert, als sich der Störfahnder aus Bern vorstellte.

»Ihre Kollegen aus Biel haben mich schon befragt«, sagte sie, »aber kommen Sie doch erst einmal rein.«

Die Weiber sind der Sauerteig des Hauses, und von ihnen nimmt das ganze Haus Geschmack und Geruch an.

Im Wohnzimmer, das gegen einen kleinen Garten hinaus ging, wurden sie aufgefordert, Platz zu nehmen. Frau Welsch blieb stehen.

»Wir haben den Bericht gelesen«, erklärte Spring.

»Stimmt etwas nicht damit?«, fragte die Angesprochene.

»Doch, sicher. Aber wir haben neue Erkenntnisse, die wir gerne mit Ihnen besprechen würden.«

»Sie haben bestimmt in der Zeitung gelesen«, sagte Müller, »dass in Neuchâtel ein Henri Knecht erschossen worden ist. Kennen Sie ihn?«

Renate Welsch klammerte sich am Sofa fest. »Nur flüchtig. Als ich den Bericht gesehen habe, dachte ich sofort an einen Zusammenhang mit dem Tod meines Mannes. Aber ich kann es mir nicht erklären.«

»Überlassen Sie die Erklärungen uns«, meinte der Störfahnder. »Welcher Art war die Beziehung der beiden Männer?«

»Soweit mir bekannt ist, nicht besonders eng. Gut, beide waren Mitglied der SEBP, mein Mann übte eine Aufgabe in der Parteileitung aus, und Henri Knecht war Großrat, also haben sie zwangsläufig ab und zu an Parteianlässen miteinander zu tun gehabt.«

»Nichts konkret Geschäftliches?«, fragte Müller.

»Also, in den Geschäften meines Mannes kenne ich mich nicht aus. Da hat er stets ein Geheimnis darum gemacht. Er hat gesagt, sie seien vertraulich. Wenn die Konkurrenz zu früh von gewissen Vereinbarungen höre, würden sie hinfällig«, erklärte Frau Welsch. »Aber glauben Sie nicht alles, was er den ganzen Tag vor sich hin fabuliert hat. Ich denke eher, er wollte sich nicht eingestehen, dass er in seiner Karriereplanung stecken geblieben ist und keine Chance mehr gehabt hat, die Leiter höher zu steigen. Deshalb hat er auch bei mir derart herumgedruckst. Ich meine, Geld hat er ja genug nach Hause gebracht, daran lag's nicht. Aber Hubert war durchgehend Pedant, und er konnte es nicht leiden, wenn er eine Sache nicht so zu Ende bringen konnte, wie er sie geplant hatte.«

Sie schwieg ein paar Minuten. Müller bewunderte ein Gemälde, das wie im Museum beschriftet war: Ernst Samuel Geiger (1878-1965): ›Blick auf den stillen Bielersee‹.

›Ja, ist er denn sonst laut und lärmig?‹, fragte er sich, als Frau Welsch endlich weiterredete.

»Wissen Sie, ich hätte mich gerne eingemischt, aber letztlich war es auch für mich bequemer, das benötigte Geld einfach abzuheben und mich nicht darum zu kümmern, woher es kam. So habe ich mich meinen eigenen Interessen widmen können.«

»Also keine bekannten Feinde?«, hakte der Detektiv nach. »Ich meine, echte Feinde, die einen gezielten Anschlag auf ihren Mann vorbereitet hätten?«

»Nein.«

»Kennen Sie auch André Huber und Claude Eckstein?«, wollte der Störfahnder wissen.

Nun wurde Renate Welsch bleich und setzte sich auf den Fauteuil neben der Anrichte. »Ist ihnen auch etwas passiert?«

»Noch nicht«, sagte Spring.

»Hören Sie auf. Sie machen mir Angst. Die vier waren gemeinsam in Twann in der Schule. Das muss in den 70er-Jahren gewesen sein. Damals waren sie unzertrennlich, kleine Jungs, die sich ewige Freundschaft geschworen hatten. Jedenfalls hat mir mein Mann diese Geschichte einmal anvertraut, als er zu viel getrunken hatte. Anderntags musste ich schwören, sie niemandem zu erzählen.«

»Und die vier haben sich seither nicht mehr aus den Augen verloren?«, erkundigte sich der Polizist.

»Na ja«, erklärte Frau Welsch, »sie haben sich immer wieder gesehen. Ein dauernder Kontakt bestand nicht. Aber dann sind ja alle vier in die Staatserhaltende BürgerPartei eingetreten und haben sie hier im Seeland groß gemacht.«

»Gibt es jemanden, der sie aus der gemeinsamen Schulzeit kennt?«, fragte Müller.

»Ich glaube, ihr Lehrer lebt noch. Letzthin kam eine Würdigung in der Zeitung, er hat seinen Achtzigsten gefeiert. Warten Sie ... Ulrich Schneider heißt er, und er wohnt immer noch im Dorf.«

Müller und Spring schafften es gerade noch, zum Mittagessen nach Schernelz hochzufahren und dort auf der Terrasse des ›Aux Trois Amis‹ hoch über dem See mit Blick auf die wolkenverhangene St. Petersinsel einen letzten Tisch zu ergattern. Die obligaten gebackenen Eglifilets mit Pommes Frites begeisterten den Gaumen, und der leichtfüßige, aromatische Chasselas Clos à l'Abbé in der Bernerflasche vom nahe gelegenen Weingut Steiner gab den Fischen das feuchte Element zurück, aus dem sie gezogen worden waren.

Konnte man zufriedener sein?

In Twann ließen sie den Wagen beim Bahnhof stehen und gingen zu Fuß durch die enge Dorfgasse, durch die sich vor wenigen Jahrzehnten noch der ganze Verkehr gezwängt hatte. Schließlich bogen sie links zum Burgweg ein, stiegen eine Treppe hoch und fanden den Eingang in ein rebenumranktes Haus, auf dessen Balkon im oberen Stock der Alt-Lehrer bereits auf sie wartete, denn sie hatten sich telefonisch angekündigt.

»Ein Mann in meinem Alter rennt nicht mehr so weit. Es gibt zwar den einen oder andern im Dorf, die können es nicht lassen, die kaufen sich mit 85 noch ein Generalabonnement, vergnügen sich in der Sauna, beim Gesangsverein, an jeder möglichen Generalversammlung oder in den Restaurants der Tafelgesellschaft ›Zum Goldenen Fisch‹. Aber für mich ist das nichts mehr. Kontemplation, ein paar ruhige Stunden am See, Erinnerungen an bessere Tage. In den Worten von Groucho Marx: ›Auf dem Schoß von armen Leuten hat die Revuetänzerin also nichts zu suchen; trotzdem hoffe ich, dass ich irgendwann mal eine haben darf.‹*«

»Dann können Sie uns bestimmt mit Ihren Erinnerungen dienen«, erklärte der Störfahnder. »Ich sage Ihnen vier Namen, und Sie sagen mir, was Ihnen dazu einfällt: Hubert Welsch, Henri Knecht, André Huber, Claude Eckstein.«

Ulrich »Ueli« Schneider brauchte nicht lange nachzudenken. Er kratzte sich am Kopf und sagte: »Ich habe

---

* Groucho Marx: ›Memoiren eines spitzen Lumpen‹

erwartet, dass die Polizei eines Tages hier vorbei kommt. Man hat ja Kenntnis genommen von den Vorfällen der letzten Tage. Die vier waren Lausbuben, die keinen Streich ausgelassen haben, als Einzelne gut zu nehmen, wenn man sie an ihrer Ehre packte, aber als Viererbande unausstehlich. Wir nannten sie nach der gleichzeitig die Volksrepublik China ins Chaos stürzenden Truppe von Parteifunktionären. Natürlich ist der Vergleich in seiner Größenordnung absurd, aber im Ansatz doch wohl richtig. Denn die Bande diktierte das Geschehen nicht nur in der Klasse, sondern im ganzen Dorf. Und – wenn Sie mich schon fragen – sie tun das immer noch innerhalb ihrer Partei.«

»Das heißt mit anderen Worten, sie hatten jede Menge Feinde«, stellte Müller fest.

»Bestimmt. Nicht ausgesprochene Feinde, aber hinter vorgehaltener Hand brodelte es.«

»Und brodelt noch immer?«, fragte Spring.

»Auch das«, bestätigte Schneider. »Allerdings habe ich keine konkreten Beweise für Machenschaften, die außerhalb der Legalität waren oder sind. Da kann ich Ihnen also nicht weiterhelfen. Aber warten Sie.« Der Mann erhob sich schwerfällig von seinem Stuhl, die Müdigkeit schoss ihm in die Augen, offenbar hatte auch er einem besonders schmackhaften Gutedel zugesprochen, und er begab sich zu einem offenen Büchergestell, wo er unter einem staubigen Aktenstapel ein Typoskript hervorzog.

»Das gebe ich Ihnen mit. Ich habe es vor 20 Jahren

entdeckt, als ich mich durch die französische Literatur des 19. Jahrhunderts gelesen habe. Es spielt teilweise in Bern. Diese Abschnitte habe ich übersetzt, entschuldigen Sie also die Fehler. Es ist eine verrückte Geschichte: In Paris sucht zur Zeit von Louis-Philippe* ein Lord Algerton sein Vergnügen am Place du Carrousel. In der heruntergekommenen Gegend trifft er eine Straßendirne, die er von sich weist, die ihm aber für 100 Francs die ›Diligence de Lyon‹** offeriert. Er stürzt davon, aber dieses mysteriöse Angebot lässt ihm keine Ruhe und verleitet ihn, danach zu suchen, was sich mehr und mehr zu einer Obsession auswächst. Auf dieser Mission schickt man ihn zuerst ausgerechnet nach Bern. Richard Lesclide, der von 1825 bis 1892 lebte, schildert in seiner gleichnamigen Erzählung von 1882 die Begebenheiten. Nehmen Sie es mit nach Bern, lesen Sie den Text, vielleicht ergibt sich ein Zusammenhang.«

Spring drückte Müller das Papier in die Hand.

»Ich entlasse Sie mit einer zweiten Geschichte von Groucho Marx«, sagte der Lehrer und bedankte sich mit einem spitzbübischen Lächeln für den Besuch. »Sie wissen bestimmt, wie man sich nach einer fünftägigen Schiffsreise über den Atlantik fühlt, auf der man außer drei maulfaulen Einkäufern und vier seekranken Lehrerinnen niemanden kennengelernt hat, also werden Sie nachvollziehen können, wie sich die Matrosen fühlten, als sie von ihrer

---

* Louis-Philippe I.: 1773–1850, der »Bürgerkönig«, war 1830–1848 der letzte französische König mit dem Titel »König der Franzosen«.

** Wörtlich übersetzt: Die Postkutsche von Lyon

schmuddligen Schute strömten. Historischen Aufzeichnungen zufolge waren nicht mal die Meerjungfrauen vor ihnen sicher. Und es bedarf wohl kaum der Erwähnung, dass die Indianermädchen … gut, dann erwähne ich es eben nicht.«

Gemeinsam fand man sich im ›Bauch & Kopf‹ wieder, Leonie freute sich über den Besuch. Nicole Himmel stieg aus ihrer Wohnung hinunter, und Spring hatte von unterwegs Pascale Meyer zu einem Dienstgespräch zur Apéro-Zeit bestellt. So schoben sie sich bald dünn geschnittene Scheiben einer geräucherten Rindstrockenwurst vom Sigriswiler Biobauernhof Zelg in den Mund, zerrten ein faustgroßes Stück Chnebubrot vom gezwirbelten länglichen Laib und spülten es mit einem 2006er Tinto Pesquera Ribera del Duero aus den Bodegas Alejandro Fernández herunter, einem fülligen Wein mit Dörrfrüchtearomen und einer ganzen Liste von Eigenschaften, die Leonie aus dem Mövenpick-Prospekt vorlas und die sie eine nach der andern rausschmecken wollten: ›leuchtendes Rubin mit brillanter Mitte. Pflaumen und Dörrbirnen in der typischen Nase, Kirschkompott, Früchtebrot und feine Nussmischung dahinter. Fülliger Gaumen mit samtigen Tanninen und zartpelzigem Extrakt, wieder viel blaue und schwarze Frucht, auch Baumnüsse und Roibusch, portweinartige Pflaumenlikörwärme und Korinthenschokolade bis ins lange Finale.‹ Darüber ging natürlich mehr als eine Flasche ihren gerechten Weg, und es stellte sich heraus, dass Leonie mit mehreren Schachteln vorgesorgt hatte.

Baron Biber schmollte in der Ecke, weil ob all dem Schmatzen und Schmecken und So-tun-als-ob jedermann vergessen hatte, seinen Napf mit irgendeiner Köstlichkeit des Hauses zu füllen. Es fiel dann doch ein teilweise abgenagter Maiskolben für ihn ab, was ihn fast so begeisterte – aber wirklich nur fast so – wie ein Kotelettknochen, denn er konnte das rollende Ding mit seiner Pfote zum Stopp bringen und an den süßlichen Körnern knabbern. Eine Wohltat, während diese unbehaarten Affen langsam auf ihren Stühlen nach hinten kippten, wohlig die Bäuche tätschelten und bereits anfingen, vom Schlafen zu reden. Dabei hatte die Nacht doch gerade erst begonnen, gerade eben Vollmond vorbei. Und dann noch das, was die Menschen unter Musik verstanden, diese quäkende Björk, er hörte das Quieken der Mäuse nicht mehr, die Lockrufe der Kater und das Jammern der wenigen Katzen im Quartier. Das würde er ihnen heimzahlen … später … wenn sie zu schlafen glaubten.

MITTWOCH, 28.7.2010

Heinrich Müller hatte das Typoskript des Twanner Lehrers gestern Abend an der Bar vergessen. Nach dem Frühstück würde er einen Blick darein werfen, aber erst brauchte er eine kühle Dusche. Denn ein Ribera del Duero mochte noch so gut sein, zwei waren bestimmt noch schmackhafter, aber nach einem guten Dutzend litt auch das kräftigste Gehirn.

Eine Handvoll eiskalte Wasserstrahlen, eine Tasse Kaffee und ein kross gebratenes Spiegelei. Später verließ der Detektiv die Bar mit dem Papier, machte es sich auf seiner Chaiselongue bequem und vertiefte sich in die Lektüre.

»Es scheint, dass die Stadt Bern außerhalb ihrer ehrenwerten bürgerlichen Einwohnerschaft als das angesehenste ›Blumenboot‹ bekannt ist, ich meine nicht das der Schweiz, sondern von Europa.

Diese von Bären beschützte Stadt ist von Tauben bevölkert, und sie vereint die unterschiedlichsten und vollkommensten Elemente der Galanterie. Sie enthält nicht nur Freudenhäuser, Oasen, wo der von den alpinen Höhen ermüdete Reisende Schutz sucht, sondern echte, lebendige völkerkundliche Museen; die gesamte Welt ist hier vertreten durch alle ihre Nationalitäten, ihre Trachten, ihre Lebensgewohnheiten, ihre Bräuche, Fehler, Fantasien, Bizarrerien, Manien, Absonderlichkeiten und Traditionen der Liebeskunst. Das Wissen vergangener Jahrhunderte überträgt sich von einer Zeit zur anderen, und man hätte nie davon gehört, dass die Bewahrerinnen der Wissenschaft der Liebe im Lande Wilhelm Tells um irgendetwas verlegen gewesen wären. Ihr Ruf verdiente, auf die Probe gestellt zu werden, und halb zu Algertons Zerstreuung, halb genährt durch die Hoffnung reisten wir nach Helvetien ab.

– In Ermangelung des ›Ranz des vaches‹ (Kuhreihen), sagte mir Milord mit einem gequälten Lächeln, werden wir dort wenigstens die Kühe in Reih und Glied sehen.

Ich möchte gerne glauben, dass sich kein Spott unter diese Worte verirrte.

*

Als die Akademie von Bern – ich rede von der bedeutendsten – erfuhr, dass vornehme Reisende die Grenze überschritten hatten, um nach ihren Lichtern zu greifen, gab es einen Schauder von Stolz und Neugier unter ihren edelsten und berühmtesten Mitgliedern. Die Schweizer Gastfreundschaft wollte die Traditionen der schottischen Gastfreundschaft vergessen machen.

Das Fest, das zu unseren Ehren im ›Ours galant‹, im ›Galanten Bären‹, gegeben wurde, wurde zum Inhalt geheimer Zusammenkünfte von Lord Algerton und der

Präsidentin der Gesellschaft. Man weihte mich nicht ins Geheimnis ein, aber ich erriet, dass man einige Dinge vorbereitete. Und wirklich übertraf das internationale Bankett alle Erwartungen durch seine Pracht und seinen Einfallsreichtum. Wir könnten diese schwindelerregende Soirée kaum beschreiben, ohne uns der Übertreibung bezichtigen zu lassen.

Die vier Kontinente schienen ihre entzückendsten Mädchen nach Bern geschickt zu haben. Es waren Indenrinnen mit kupferner Haut, glänzend wie antike Bronzestatuen; gelbhäutige Frauen aus Visapur, von einem so leuchtenden Farbton, dass man sich vergaß und Orangen aß; Malaysierinnen mit spitzen Brüsten; rothäutige Frauen aus Feuerland, wo eine Kreuzung aus Engländern und Einheimischen eine menschliche Nuance vergleichbar mit erkaltendem rotem Stahl hervorgebracht hatte; Mädchen aus Polynesien, gekleidet in Blätter und Blumen, die aus dem irdischen Paradies entkommen schienen und der Schlange hinterher rannten; violette Puppen aus dem Süden Japans; Grönländerinnen, so perlmuttartig, dass sie davon blau wurden; Chinesinnen von der Insel Tchin, deren durchscheinende Haut unter dem Licht zu schimmern begann wie die Hülle von Seifenblasen; Afrikanerinnen schwarz wie Ebenholz, mit schwingenden Brüsten, feuchten Lippen, die diesen strengen Körpergeruch verbreiteten, so furchtbar, dass der Mann, der sich daran gelabt hat, nie mehr davon lassen kann; alle Nuancen, die aus der Hochzeit von

Schwarz und Weiß entstanden sind; die 64 Farbvarianten, die der Autor von ›Bug Jargal‹* beschrieben hat, Gradmesser lebender Haut, graziöse Formvorlage, auf der alle Rassen, alle Mischungen durch ihre perfektesten Ausprägungen vertreten waren; patagonische Riesinnen, die einen anschauten, indem sie ihren Blick außer Reichweite senkten, bewundernswerte chinesische Zwerginnen, in Porzellantöpfen aufgezogen, lächelnde Kugeln, die man nirgends greifen konnte; Hirtinnen aus den blauen Bergen, von Kopf bis Fuß in einer derartigen Farbvielfalt tätowiert, dass man beim Betrachten geblendet wurde und sich im Labyrinth, mit dem sie gezeichnet waren, verirrte; – und das alles, ich beschwöre es, das alles war noch gar nichts; alles verblasste, als eine Gruppe Europäerinnen die Salons durchquerte, wie eine Erzählung von jungen Göttinnen …

Ich habe nie etwas Vergleichbares gesehen! Schweden und Norwegen hatten feingliedrige und melancholische Kreaturen zum Fest geschickt, die als Mondstrahl durchgingen; die Spanierinnen, stolz in die Brust geworfen, sandten Blitze durch die Verästelungen ihrer Fächer; die Russinnen, pelzbedeckt, hatten die Haltung erregter Katzen; die Polinnen ließen ihre Metallabsätze klackern; die Österreicherinnen schwankten wie die zärtliche Berührung von Weizen; die Deutschen wiederholten: »Vergessen Sie mich nicht!« in jedermanns Ohren; die Italienerinnen mit ihrer stumpfen Haut und den extra-

* Victor Hugo, 1818, sein erster Roman.

vaganten Augen trugen Dolche an ihren Strumpfbändern und fürchteten sich nicht davor, sie zu zeigen; die verträumten Engländerinnen, wie aus Schnee modelliert, verlangten leidenschaftlich zu flirten, immer eingedenk der Zurückhaltung, die ihnen die biblische Erziehung auferlegte; aber warum sollte ich es verbergen? Im Augenblick, als ich im Taumel, verursacht von den Parfums und der Trunkenheit des weiblichen Elements, meinen Kopf verlor, fühlte ich mein Herz schlagen und erwachen: ein Mädchen, das verführerischste von allen, hatte sich in meinen Armen eingehängt wie Efeu an der Ulme: – Ich komme aus Batignolles*, sagte sie, möchtest du mich lieben?

*

Wir wurden im ›Galanten Bären‹ von einer Abordnung von 13 Schweizerinnen empfangen, von vollbusiger Schönheit und gebirgiger Eleganz. Sie präsentierten sich mit den Tönen des Alphorns, in der Nationaltracht, mit bunten Bändern geschmückt, beflügelt von flatternden Gazeschleiern. Ihre Beine waren schön geformt, sie boten uns den Ehrenwein an. Wir richteten einen Toast auf das alte Helvetien aus.

Sie taten es uns gleich, indem sie aus ihren Stiefelchen tranken, eine köstliche Art, uns daran zu erinnern,

* Zur Zeit unserer Geschichte eine eigenständige ländliche Gemeinde nördlich von Paris.

dass unser alter Bassompierre* aus seinem Stiefel auf die Gesundheit der 13 Kantone** getrunken hatte.

Mein Englisch französisierte genügend, um mich bei diesen Damen zu bedanken und sie um die Erlaubnis zu bitten, ihnen die Fußbekleidung wieder anziehen zu dürfen.

Erst nach mehreren Stunden lockeren Gesprächs und Spaziergängen nahm man um einen langen Tisch Platz, wo Lord Algerton und ich die Ehrenplätze einnehmen mussten. Man hatte nur wenige Geschlechtsgenossen an die Tafel zugelassen: sie verschwanden zwischen den verschiedenfarbigen Frauen wie Kellerasseln in einem Berg von Blumen. Das Gedeck war überwältigend. Man muss anerkennen, dass die Akademie, um diesem festlichen Anlass einen wahrhaft speziellen Charakter zu verleihen, alles eingeladen hatte, was Europa im Goldenen Buch der Galanterie Hervorragendes zu bieten hatte. Die Vorsitzende der Akademie, eine kräftige, schöne Dame von vierzig Jahren (die ich jedoch nicht mit den römischen Matronen vergleiche), hatte uns gegenüber Platz genommen; sie schien mir sehr beunruhigt. Man tischte auf.

Es ist unmöglich, im Detail aufzuführen, was man auftischte, was man verschleuderte, was man vergoss, was

---

* François, Marquis de Bassompierre (1579–1646), u. a. Gesandter in der Schweiz, ein maßloser Liebhaber, der bei seiner Verhaftung 1631 über 6.000 Liebesbriefe verbrannt haben soll.

** Die »Alte Eidgenossenschaft«, ab 1513 bis 1798 mit 13 Orten (Kantonen).

man verprasste an dieser Danaidentafel*, weil ich diese Geschichte nicht bis morgen fortführen will. Diese weltzugewandten Engel besaßen die Schlünde von Harpyien und tranken wie die Löcher. Der erste Gang verschwand wie der Blitz; der zweite wie ein Gewittergrollen; der dritte brach das Eis, und man begann, die Spiegel des Saals zu zerschmettern. Das Dessert kündigte sich wie ein Gewitter an; ich weiß nicht, welche Flammen in der Luft zirkulierten; wir keuchten in einer von tausend verfänglichen Gerüchen überhitzten Atmosphäre, erzeugt von den reifen Früchten, die man zermantschte, von den Likören, die man vergoss, und mehr noch von den göttlichen Erscheinungen, die sich verschmachtend streckten, die die nervöse Erregung ihrer Einsamkeit leuchten ließen. Es waren Spiegelungen von seidigen und parfümierten Schultern, ausladende Gesten aufgelöster Haare, flammende Blicke, die sich kreuzten, und gleichzeitig ein immenses Durcheinander von silbernen, vibrierenden, entkräfteten, gebieterischen Stimmen, von spitzen Schreien. Man rief sich zu, man nannte sich beim Namen, man verlor die Besinnung, als ich mich plötzlich daran erinnerte, dass wir eine Mission zu erfüllen hatten.

Ein paar Worte, die ich ins Ohr des Lords flüsterte, weckten ihn aus der Verzückung, in die er gesunken war. Er sammelte seine Sinne, erhob sich wankend, und er trank, indem er seine Hand wie der alte Neptun über den Flu-

---

* Die Danaiden waren die 50 Töchter von Danaos, dem Ahnherrn der Griechen, die auf Befehl ihres Vaters alle bis auf eine ihre jungen Ehemänner töteten.

ten ausstreckte, auf die Frauen! Man hörte ihn an. Nach einem Toast auf Venus Aphrodite, unsere Mutter und unsere Geliebte, erklärte er, dass er diese noble Berner Akademie grüße, Königin unter allen, heilig unter allen, nützlich und angenehm unter uns, und dass alle zum Teufel gehen mögen, die nicht einverstanden seien! Er verglich sich mit Cäsar und Alexander, die eben das unfehlbare Orakel von Delphi befragt hatten und von Pythias das Zauberwort verlangten, das Geheimnis der Geheimnisse, die Wahrheit über diese mysteriöse ›Diligence de Lyon‹, welche die Obsession und der Alptraum seines Lebens geworden war.

Der Tumult war so gewaltig, dass die Worte des Engländers zuerst ungehört blieben. Möglicherweise überdeckte man seine Worte durch Hurras, die explodierten, als er den gefährlichen Begriff aussprach. Diese seltsame Idee ging durch meinen Geist, als ich die Vorsitzende sah, die es bestimmt gehört hatte, wie sie versuchte, ihn abzulenken und dem Gespräch eine andere Richtung zu geben.

Aber wenn der Lord etwas im Kopf hatte, hatte er es nicht in den Füßen. Er zerschlug sein Glas, um die Aufmerksamkeit auf sich zu lenken und richtete sich direkt an die Gastgeberin. Diese schaute ihn mit einem verdüsterten Blick an und erwiderte mit einem vulgären Aufstoßen: Du gehst mir auf den Sack! Lachen wir, amüsieren wir uns, aber weiter soll es nicht führen. Ich wollte dir ein Bankett offerieren, weil du es bezahlst, weil du ein eleganter Mann bist. Aber man soll nicht zu weit suchen. Man hat mir bereits gesagt, dass du bekloppt seist, ich beklage es. Suche deine Postkutsche, wo du willst und – halt die Schnauze! Ich hab's gesagt, und damit hat sich's, Milord, auf Ihr Wohl!

Diese ungebührliche Antwort wurde mit Beklemmung gehört; das passte derart nicht mit den Ehrerbietungen zusammen, deren Ziel wir gewesen waren, dass ich aus der Fassung geriet.

Kälte breitete sich aus. Nachdem man uns mit Begeisterung aufgenommen hatte, schien man uns nun vor die Tür setzen zu wollen.

Lord Algerton schluckte seinen Zorn herunter, verlangte eine Erklärung für diese unerwartete Rede. Er bemerkte, dass er sich anständig ausgedrückt und dass er das Recht auf eine angemessene Antwort habe. Er drohte weiter damit, alles durcheinanderzubringen, wenn man seiner Frage ausweiche.«

Das Ganze eskaliert, Algerton beruft sich darauf, 1.000 Guineen bezahlt zu haben, und wenn man ihm das Geheimnis weiterhin verhülle, setze er das gesamte Etablissement in Brand. Danach folgt ein unrühmlicher Abgang in Bern, und die weitere Geschichte führt unsere beiden Helden zurück nach Paris, wo Lord Algerton nach zahlreichen Irrungen und Wirrungen tatsächlich das Geheimnis um die ›Diligence de Lyon‹* lüftet, es aber gleich mit ins Grab nimmt.

* Muss man an dieser Stelle wirklich enthüllen, was Lesclide in seiner Erzählung verschwiegen hat? Soll man dem Suchenden das Geheimnis offenbaren? So viel sei gesagt: Der Schreiber dieser Zeilen kennt es, aber es bleibt ihm, angesichts der komplizierten erotischen Stellung und eingedenk seiner Verantwortung, nur zu sagen: Don't try this at home!

FREITAG, 30.7.2010

Was soll man sagen. Da war nun beinahe schon Gras über die Sache gewachsen, die Polizei glaubte, in Ruhe ihre Arbeit tun zu können. Da kam es wie aus heiterem Himmel einem Gratisblatt in den Sinn, dem Fall die Titelseite zu widmen.

Saurere Gurken hatte man nie gekostet als diese Aufbereitung überholter Nachrichten. Aber wer nur die News las, hatte auch diese am andern Tag bereits vergessen. Alle Ereignisse wurden zu Singularitäten. Man regte sich auf, gab irgendjemandem die Schuld, nur nicht sich selber, und am nächsten Morgen stürzte man sich auf den Folgeskandal.

Jedenfalls behauptete die Gratiszeitung, Post vom Mörder erhalten zu haben. Der nämlich hatte ihr exklusiv eine Todesliste zugestellt. Auf dieser Liste standen – nummeriert und alphabetisch geordnet – ein Dutzend Namen von Exponenten der Staatserhaltenden BürgerPartei.

»Was für ein Zufall«, stellte Leonie fest, nachdem sie die 20 Zeilen zur Kenntnis genommen hatte.

»Da sind ja alle Führungsmitglieder mit dabei!«, wunderte sich Nicole.

»Hm«, brummte Heinrich. Und ich schwöre, er würde es hassen, »hm« in einem Kriminalroman lesen zu müssen, aber es fiel ihm wirklich nichts Besseres ein.

»Ein Mörder, der die gesamte Elite der SEBP auslöschen möchte?«, fragte Leonie. »Was ist denn das für ein Unsinn!«

»Das wird die Partei leider nicht davon abhalten, mit einer großflächig gestreuten Inseratenkampagne auf Wählerfang zu gehen«, sagte Müller und genehmigte sich einen kräftigen Schluck Xellent Swiss Vodka, den er aus der roten, gegen unten schmaler zulaufenden Flasche ausschenkte, das Einzige, worauf er ein Schweizer Gütesiegel widerspruchslos ertrug.

»Glauben Sie nicht, dass ich mich ins Bockshorn jagen lasse«, las Bernhard Spring in einem Fax, das ihn heute Morgen erreicht hatte, aufgegeben auf einem öffentlichen iMac über einen Scanner. Zwecklos, irgendetwas zurückzuverfolgen. Der Text ging so weiter: »Dass der Parteichef Martin Wiederkehr auf der Liste steht, wird ihm zwar schmeicheln, ist aber für mein Urteilsvermögen beleidigend. Ich töte doch keine Clowns! Zwar wären alle diese Witzfiguren fällig. Ich danke also für die gezielten Anregungen zur Erweiterung meiner eigenen Todesliste. Einige Vorschläge sind durchaus bedenkenswert. Aber der Tod ist das, was diese Leute am wenigsten fürchten. Dann wären sie ihre Betrügereien, ihre Schulden und ihre anderen Vergehen los und müssten nicht für sie geradestehen. Ich hingegen brauche keine Bibel, um zu sagen: Es wird ihrer, was sie verdienen!«

Der Störfahnder schüttelte den Kopf. Andererseits

zeigte dieser Fax vielleicht einen Weg auf, wie der Täter zu packen wäre: bei seiner Eitelkeit. Offenbar las er die Gratiszeitung. Dennoch war Bernhard Spring nicht der Typ, fingierte Grußbotschaften in der Öffentlichkeit zu platzieren. Nicht, solange sie ein Schuss ins Blaue waren, nicht, bevor er die Schwächen seines Gegners kannte. Dessen Mitteilungsbedürfnis könnte durchaus eine davon bedeuten. Der Störfahnder aber war weit davon entfernt, diesen Makel zu seinen Gunsten ausnützen zu können.

Möglicherweise ließe sich der Täter gezielt beleidigen? Man könnte ihm Schlamperei oder Misserfolg vorwerfen, weil er nur untergeordnete Kader zu behelligen vermochte. Bisher! Aber dann ging man von derselben Prämisse aus wie die Partei, nämlich dass die Morde gegen eine politisch-patriotische Gruppierung gerichtet waren, die sich selbst für den Nabel der Welt hielt. Das konnte einen auf falsche Spuren locken, weil man andere Motive vernachlässigte. Allenfalls war die Parteimitgliedschaft eines der zufälligen Elemente in einem Puzzle, das bei zusammengesetztem Bild einen ganz anderen Schwerpunkt sichtbar machen würde.

»Die Sagen und Märchen dieser Welt«, erklärte Nicole Himmel, als sie mit Heinrich Müller in seinem schwarzen Opel Astra an den Bielersee fuhr, »werden erzählt wie gesprochene Lieder. Sie enthalten einen stabilen Kern, ein Motiv, um das herum sich während Generationen Variationen anreichern und die mit dem immer gleichen Refrain enden. Drei mal drei Aufgaben hat der Held zu erledigen, bevor er seine Geliebte wiedersehen darf, und er begegnet dabei den Übeln dieser Welt, wenn er auf Zwerge, Hexen und Meerjungfrauen, auf Ritter, Teufel und Rapunzel trifft, auf Dornröschen, Schneewittchen oder Alice im Wunderland, auf einen Drachen, die Schattenarmee und den mystischen König, die unter Tage einen unermesslichen Schatz bewachen.«

»Und?«, fragte Heinrich unbeeindruckt.

»Das Muster erstreckt sich auch auf Aussagen von Menschen zu einem Ereignis, das in ihrem Leben Bedeutung erlangt. Die gebetsmühlenartige Wiederholung schafft eine gewisse Vertrautheit mit dem Gesprochenen, es wirkt wie eine Wahrheitsbezeugung aus dem Mittelalter, als die Erzähler den langen Epen Sätze voranstellten wie ›Ik gihorta dat seggen …‹, also ›Ich habe aus zuverlässiger Quelle erfahren …‹.«

»Folgt der Beteuerung auch die Wahrheit?«, wollte Müller wissen.

»Ja und nein. Nicht, wenn wir von unserem historischen Wahrheitsbild ausgehen, obwohl auch dieses stets nur eine Annäherung an das reale Geschehen ist, das immer wieder aus verschiedenen Blickwinkeln erfahren wird. Ja, wenn es darum geht, einen Inhalt an nachfolgende Generationen weiterzuleiten, sozusagen eine ›ewige‹ Wahrheit, wie wir sie auch in religiösen Schriften finden. Natürlich sind sie jeweils nur aus ihrer Entstehungszeit heraus verständlich, denn eine vorderasiatische

Nomadenweisheit hat wenig zu tun mit dem mittelalterlichen Rechtsverständnis oder unserem Infotainment.«

»Für den jeweils Erzählenden und die ihm Zuhörenden stimmt also die Geschichte innerhalb eines geschlossenen Systems«, folgerte Heinrich.

»Genau. Auf den Täter bezogen heißt das, dass er sich seiner Sache sicher fühlt, denn er legt in seinem System Spuren aus, die vorerst nur er zu deuten vermag. Wir müssten also den Sinngehalt des Systems aufschlüsseln, um über denselben Wissensgehalt zu verfügen wie er. Oder – anders gesagt – wir müssen uns seinen Mythos einverleiben, da wir als Ermittelnde außerhalb seines Wertesystems leben.«

»Tönt schwierig«, sagte der Detektiv, »und nicht zwingend wünschenswert.«

»Das stimmt. Es kann auch sehr gefährlich sein, wenn man zum Beispiel an Fundamentalisten und Sektierer denkt. Unser Täter scheint jedoch von einer Idee besessen zu sein. Die beiden Morde lassen diesen Schluss zu.«

»Du meinst, wir können diese Idee nicht wahrnehmen, wenn wir uns nicht seinem Wertesystem nähern?«

»Jedenfalls nicht vollständig. Aber das ist auch nicht nötig. Wir müssen nur das mythische Umfeld eingrenzen können, denn irgendwer in seiner Umgebung wird seine schleichende Veränderung bemerkt haben.«

»Welche Veränderung?«

»Die ihn zu den Morden getrieben hat. Er wird wohl kaum aus Spaß eine Wolfsfalle gegraben haben.«

Auf der Terrasse des ›Bären‹ führten sie ihre Unterhaltung fort, nachdem sie einen Fischteller und einen Halben Weißen bestellt hatten. Blau-grün gesprenkelt lagen die Rebberge hinter ihnen, denn erste Winzer hatten aus Angst vor Vogelfraß bereits Netze über die Trauben gespannt. Heinrich blickte in Nicoles stahlgraue Augen und bewunderte den Zickzackscheitel in ihren schulterlangen kastanienbraunen Haaren.

»Könnte die Staatserhaltende BürgerPartei ein Teil des Mythos sein? Ich habe gehört, dass sie in dieser Winzergegend gegründet worden ist.«

Nicole wiegelte ab. »Die Partei als solche sicher nicht, aber vielleicht, was sie in einem bestimmten Menschen an Hoffnungen geweckt hat. Es ist wie in der Philosophie von Jean-Jacques Rousseau. Die Menschen sind im Naturzustand weder gut noch schlecht, da sie untereinander weder irgendeine Art sozialer Beziehung noch bewusste Verpflichtungen eingegangen sind. Sie sind friedliche, nicht aggressive Wesen. Sie kennen aber ebenso wenig die Bedeutung von Recht und Unrecht oder einen persönlichen Besitz.«

»Paradiesische Zustände«, seufzte Müller.

»Ja, aber sobald der Mensch den Naturzustand verlässt, muss er die Beziehungen mittels eines Gesellschaftsvertrages regeln. Nur so ist ein Zusammenleben möglich. Das wäre der Mythos, der unablässig wiederholt wird.«

»Wie der Refrain in einem Song«, bestätigte der Detektiv.

»Genau. Wer aber den Gesellschaftsvertrag verletzt, hat nicht nur einen einzelnen Menschen verletzt, sondern den Naturzustand unmöglich gemacht. Jedenfalls in der Gedankenwelt unseres Täters«, erläuterte Nicole.

»Deswegen muss er bestraft werden«, folgerte Heinrich.

»Da haben wir uns allerdings von Rousseau entfernt, oder wir haben ihn ins 21. Jahrhundert gebeamt.«

»Möglicherweise entsteht in diesem Zusammenhang eine Verwirrung im Täter, die er nicht mehr überblickt. Dann hilft auch keine Partei mehr.«

»Die Frage ist, ob es überhaupt noch eine Sicherheit gibt«, sagte Nicole und nippte an ihrem Glas.

»Nach der konsequenten Umsetzung der Taten zu schätzen, ist jedenfalls eine entscheidende Grenze überschritten. Die Frage ist nur, welche.«

Der graue Gewitterhimmel, der sich am Horizont in das Pastellgelb der sinkenden Sonne auflöste: ein Caspar David Friedrich.

MONTAG, 2.8.2010

Bis zum Egelsee hätten es Bernhard Spring und Pascale Meyer nicht weit gehabt, hätten … Aber die junge Kollegin bestand auf dem Einsatz des neuen GPS-gesteuerten Navigationsgeräts.

»Wir haben doch eine Karte«, versuchte der Störfahnder einzuwenden.

Er blieb chancenlos.

»Seither sind bestimmt wieder ein paar neue Einbahnstraßen hinzugekommen«, sagte Pascale. »Nichts ist blöder, als sich in seiner eigenen Stadt zu verfahren.«

Als sie allerdings zum zweiten Mal um den Doppelkreisel am Burgenziel kurvten, zerrte Spring doch den Stadtplan hervor und brummte: »Das stammt aus einer Zeit, als die Menschheit noch nicht digital behindert war.«

Nach einer weiteren Ehrenrunde fanden sie den Teich im Osten der Stadt hinter dem Entsorgungshof doch noch. Dem See blieb nur noch eine kleine Lücke zwischen den nahe gerückten Häuserfronten. 50 Meter breit und 200 Meter lang schaute er in trübem Grün in den Himmel. Ein Wunder, dass sich noch ein paar Enten in der Nähe des Kindergartens wohlfühlten.

Ernst Glauser, Sekretär der Staatserhaltenden BürgerPartei SEBP, empfing sie bei sich zu Hause, denn er erklärte, er wolle im Bundeshaus kein unnötiges Aufsehen erregen. Den angebotenen Wein lehnten die Polizisten jedoch ab. Das Zimmer, in das sie der gut 40-Jährige führte, konnte sich wie sein Bewohner nicht zwischen altertümlich und modern entscheiden. Gelblich verrauchte Tapeten erinnerten an die alte Dame, die jahrzehntelang ihre ägyptischen Zigaretten anbrannte, welche sie zur häufigen Lektüre von Agatha Christie genoss. Daneben eine zimmerhohe Tür mit undurchsichtigem Bruchglas. Eine ockergelbe Chaiselongue fläzte sich diagonal im Raum, daneben ein fleckiger Stuhl und ein Tischchen aus dem Sperrmüll. Ernst Glauser saß in abgewetzten Jeans im 70er-Jahre-Schnitt vor ihnen, sein Oberkörper steckte in einem schmuddeligen roten Pullover, hinter ihm an der Wand hing eine Wandergitarre, am Boden lag das iPad.

»Freizeitkleidung«, entschuldigte er sich.

»Wir haben die Verlautbarungen der SEBP gelesen«, sagte der Störfahnder ohne weitere Einleitung. »Stammen sie von Ihnen?«

»Ich hatte den Auftrag, sie auszuarbeiten. Sie werden jeweils vom Parteichef Martin Wiederkehr persönlich kontrolliert«, erwiderte Glauser.

»Er traut Ihnen nicht?«, fragte Meyer.

»Das hat damit nichts zu tun«, erwiderte der Angesprochene. »Sie dürfen sich einen politischen Entscheidungsprozess nicht als Folge von Vertrauen und Misstrauen vorstellen. Zuoberst steht die Parteilinie, verabschiedet von der Parteiführung, als Gesamtprogramm genehmigt von der Delegiertenversammlung, in Auftrag gegeben von der Wählerschaft. Es ist das Einzige, was zählt. Ihm ist alles unterzuordnen. Auch persönliche Be- und Empfindlichkeiten kommen erst an zweiter Stelle. Wenn überhaupt. Sonst herrscht hier gleich das nackte Chaos. Wie bei unsern Gegnern.«

»Welche Positionen vertritt denn Ihre Partei bei diesen beiden Morden?«, fragte Spring.

»Wenn es denn Morde sind«, wiegelte Glauser ab. »Bisher ist meines Wissens noch keine entsprechende Anklage erhoben worden. Außerdem haben wir dazu keine ›Position‹, wie Sie es nennen. Es ist allerdings klar, wer die Drahtzieher hinter den Anschlägen sind.«

»Dann wissen Sie mehr als wir«, sagte der Störfahnder. »Wäre nett, wenn Sie uns an Ihren Erkenntnissen teilhaben ließen.«

»Es können nur unsere politischen Widersacher sein«, erläuterte der Parteisekretär. »Sie kennen die Todesliste? Wer, wenn nicht unsere Feinde, könnte von einer Elimination der Parteispitze profitieren? In dieser Richtung sollten Sie suchen. Dort finden Sie die wahren Staatsfeinde.«

»Damit ich Sie richtig verstehe«, intervenierte Pascale Meyer. »Ihre politischen Gegner setzen Sie mit Staatsfeinden gleich?«

Ernst Glauser lächelte süffisant. »Fragen Sie unsere Wähler. Nicht umsonst nennen wir uns Staatserhaltende BürgerPartei. Einzig wir garantieren die Aufrechterhaltung der öffentlichen Funktionen, natürlich gleichzeitig mit einer möglichst geringen Präsenz des Staates überhaupt und mit einer möglichst grenzenlosen persönlichen Freiheit.«

»Gut. Das war jetzt das Wahlprogramm«, fasste Spring zusammen. »Noch einmal etwas konkreter: Was sagt Ihre Partei dazu, dass zwei wichtige Mitglieder in ihren Stammlanden auf derart mysteriöse Art und Weise ums Leben gekommen sind? Kommen Sie mir nicht noch einmal mit diffusen politischen Gegnern. Wir haben Morde aufzuklären und keine Märchen zu erfinden.«

»Sie glauben andere Motive für die Tötungen zu kennen?« Das Lächeln war aus dem Gesicht des Parteisekretärs gewichen. »Dann teilen Sie uns das bitte mit. Selbst wir wollen uns nicht in unbegründeten Vermutungen verrennen. Es tut mir leid, mehr kann ich Ihnen nicht sagen.«

Der Störfahnder konnte sich kaum zurückhalten vor Wut. Als sie wieder auf der Straße standen, fluchte er vor sich hin und spuckte auf den Boden. »Ausschließlich Leerfloskeln. Keine einzige inhaltliche Aussage. Es gelingt ihnen, noch aus dem Nichts auf sich aufmerksam zu machen. Und wenn die Propagandamaschinerie mal so richtig auf Touren gekommen und die ganze Schweiz geimpft worden ist, dann könnte selbst der Parteichef der Täter sein, es würde niemanden mehr kümmern.« Er räusperte sich, bevor er mit seiner Tirade weiterfuhr. »Früher trug Gott die Schuld an allem Guten, und alles Übel war seine Strafe für ein sittenloses Leben. Heute ist man seines eigenen Glückes Schmied, und für alles Übel verantwortlich sind die andern, zum Beispiel DIE Beamten, wahlweise aus der Hauptstadt, aus der EU oder von der UNO, je weiter weg von zu Hause, desto schlimmer. Allenfalls kämen dafür auch Politiker infrage, zumindest jene, vor denen man schon im Kalten Krieg gewarnt hatte. Man musste also nur die Richtigen wählen, damit Ordnung ins Land kam. Ein modernes Heilsversprechen.«

Pascale hatte Bernhard an das Ufer des Egelsees gelotst und ihn auf einer Bank sozusagen fixiert, bevor sie sich traute zu sagen: »Wenn wir ganz in Ruhe die Hypothese durchgehen, dass wirklich ein politischer Gegner hinter dem Ganzen steckt, wo müssten wir suchen?«

»Das ist doch purer Quatsch!«, regte sich der Störfahnder wieder auf. »Aus politischen Gründen möchtest du vielleicht Diktatoren umbringen, Könige oder Päpste, aber doch nicht einen Großrat und einen biederen Hinterbänkler. Was soll das bringen? Weder ergeben sich daraus irgendwelche Sympathien, noch stellt es eine Schwächung der Partei dar. Im Gegenteil: Man verhilft ihr bei der Bevölkerung zu einem Image als Partei von Law and Order. Gesetz und Recht befinden sich in ihren Händen. Jeder Andersdenkende hat automatisch unrecht. Nein … Da sind ganz andere Interessen im Spiel. Ich wette mit dir, es geht eher um Rivalenkämpfe innerhalb der Partei als um einen Meuchelmörder von außerhalb.«

Pascale zweifelte: »In dieser Art werden Machtkämpfe aber eher selten ausgetragen. Ich meine: Wolfsfalle! Schon eher würde ich mir vorstellen, dass einer der Bergbauern die Bremsen des SUV seines Widersachers manipuliert oder dass er den Traktor verkehrt rum vom Berg rollen lässt. Ich glaube, wir sind auf der falschen Spur. Die sind so ratlos wie wir selber.«

»Gut. Dann heben wir den Personenschutz für den Parteichef wieder auf. Mal sehen, was passiert.«

»Das ist eine Provokation«, sagte Pascale. »Sie werden uns frontal angreifen.«

»Dann sollen sie ihre Gefährdung beweisen!«

»Du weißt, dass Politik so nicht funktioniert«, argumentierte Pascale.

DIENSTAG, 3.8.2010

»Schönheit im eigentl. Sinn glaube ich kaum, daß man dem weibl. Geschlecht im Bernergebiet allgem. zuschreiben kann. Die Weiber hier sind vielleicht nicht hübscher als andernorts, aber sie sind fast durchgehends mächtige Körper, rüstig, derb, oft von frischer Farbe. Hiernächst sind sie immer ungemein reinlich angezogen, nicht nur am Sonntage, sondern auch an Wochentagen, ja selbst am Sonnabend sahe ich durchgängig an ihnen weiße und geplättete Hemdermel. Vielleicht mag im Bernergebiet die alte oeconomische Sitte noch herschen, ohne Hemd zu schlaffen.«*

Bernhard Spring las den Zettel, den ihm Heinrich Müller als Kontrastprogramm zu Richard Lesclide auf den Schreibtisch gelegt hatte. Nun gut, über das weibliche Geschlecht im Ganzen sich auszulassen, war heikel, aber was er im nächsten Augenblick wahrnahm, schien Meyer zu bestätigen. Spring schmerzte das durch die plötzlich geöffnete Tür flutende Licht in den Augen. Ein Schattenriss durchbrach die gleißende Morgensonne. Eine Frau, vermutete er, eine übernächtigte Frau mit ungelenken Bewegungen. Sie grüßte nicht, stakste unbeholfen ins Büro, und der Störfahnder beobachtete, wie sie auf einem Schuh auf ihn zu humpelte.

---

* Johann Heinrich Meyer, Goethes »Kunschtmeyer« aus Stäfa, berichtet 1813 aus dem Bernbiet.

Als sie ins sanftere Hell trat, das aus dem seitlichen Fenster ins Zimmer geworfen wurde, erkannte Spring die Nationalrätin Barbara Born, eine der auffälligsten Personen aus der SEBP.

»Nicht schon wieder«, dachte der Polizist und betrachtete die immer noch stumme Person genauer. Ihre blondierten Haare, üblicherweise zu einem Dutt gebunden, waren zerzaust und hingen in schmutzigen Strähnen herunter. Die kurzärmlige weiße Bluse war beidseits aufgerissen, das Décolleté hing herab, und vom rechten Busen grüßte die flächige braune Brustwarze aus dem aufgeschnittenen Push-up.

So genau wollte es der Störfahnder gar nicht wissen, aber als er den verschmutzten und ebenfalls zerstörten blauen Rock und darunter den schwarzen String-Tanga sah, lenkte er den Blick sofort wieder zum Gesicht, in das man einen gut gezielten Schlag aufs linke Auge gesetzt hatte.

Insgesamt sah die Nationalrätin aus, als hätte man sie an den Beinen durch einen Schweinekoben gezerrt.

Bernhard Spring erhob sich: »Frau Nationalrätin Born. Sind Sie gestürzt? Hat Sie jemand überfallen?«

»Das ist Ihre Schuld!«, keifte die Angesprochene. »Das kommt davon, wenn Sie den Personenschutz aufheben. Jeder Trottel glaubt nun, mit uns verfahren zu können, wie er will.« Sie suchte einen Stuhl, den ihr Spring bereitwillig aus der Ecke des Büros unter den lädierten Hintern schob, wobei er ihre zerkratzten Beine musterte.

»Man hat mich in einen Unfall getrieben«, sagte die Politikerin, deren Stimme zitterte.

So ist noch keiner nach einem Unfall zum Polizeihauptquartier gewankt, dachte Spring, fragte aber: »Eine Polizeistreife hat Sie hergefahren?«

»Nein«, stammelte Frau Born, »mit letzter Kraft habe ich es selber zu Fuß geschafft. Ich glaube, ich werde gleich ohnmächtig.«

Bloß nicht, hoffte der Störfahnder und überlegte fieberhaft, was er aus dem Büro räumen müsste, das ihm zum Verhängnis werden konnte, wenn man ihn bei Wiederbelebungsversuchen am unerotischen Nationalrätinnenobjekt erwischen sollte. In Panik überlegte er, wo der Defibrillator hing, bis er sich erleichtert daran erinnerte, dass er in einer Schmierenkomödie saß, denn eben klingelte das Handy von Frau Quasi-Bundesrätin, und sie fand die Kraft, den Anruf zu beantworten. Spring übte sich in Geduld.

»Wo genau ist der Unfall geschehen?«, wollte er wissen, als sie zu Ende gesprochen hatte.

Die unterschwellige Spannung war spürbar. Barbara Born konnte nun nicht mehr das vernehmungsunfähige Opfer spielen, so viel war klar.

»Sie kennen den Haupteingang des Botanischen Gartens?«

Spring nickte.

»Dort steht mein Roller. Oder besser, er liegt auf dem Boden, neben dem Gitterzaun, in den ich geprallt bin.«

»Von so weit weg sind Sie bis hierher gelaufen? Das ist doch fast ein Kilometer.«

»Ja«, antwortete die Nationalrätin. Ihre Opferbereitschaft war augenscheinlich grenzenlos. »Was hätte ich denn tun sollen?«

»Sie haben doch das Handy dabei. Sie hätten eine Streife rufen sollen. Die hätte die Unfallstelle sichern müssen. Sie von der SEBP sind doch mit sicherheitstechnischen Vorgängen vertraut?«

Das aufkeimende Berner Bauernmädchenwangenrouge passte hervorragend zu den schwarzen Schlieren des Kajals um die Augen.

»Außerdem hätte man Sie zur Untersuchung ins Spital bringen müssen«, seufzte Spring. »Aber das können wir ja noch nachholen.«

»Es geht schon«, erwiderte die Nationalrätin.

»Kommt nicht infrage, dass wir darauf verzichten«, sagte der Störfahnder, griff zum Telefon und bestellte den Rettungsdienst. »Sie könnten innere Verletzungen oder eine Gehirnblutung davongetragen haben. Wenn man ohne Helm vom Roller stürzt …«

»Der Helm muss irgendwo auf der Straße liegen«, beeilte sich Born zu erklären.

»Dann sind Sie aber ganz schön über den Boden geschrammt«, meinte Spring, blickte in ihr lädiertes Gesicht und fragte: »Wie ist dieser Unfall überhaupt geschehen, und weshalb kommen Sie zu mir? Wir sind für Kapitalverbrechen zuständig, nicht für Unfälle.«

»Weil ich Ihre Karriere und Ihre Erfolge wohlwollend zur Kenntnis genommen habe«, erklärte Barbara Born. »Außerdem war es gar kein richtiger Unfall.«

»Sondern?«

»Ein Auto hat mich am Viktoriarain verfolgt, ist fast auf mich aufgefahren. Da bin ich illegal bei der Ampel nach links auf die Altenbergstraße hinübergewechselt. Der Wagen hinterher, hat sein Tempo noch gesteigert. Die Straße fällt steil ab, und als ich mich umblickte, wurde ich gerammt und konnte dem Gitter nicht mehr ausweichen.«

»Und das Auto?«

»Ist weitergefahren Richtung Altenberg.«

»Marke und Farbe?«

»Konnte ich nicht erkennen, irgendetwas Dunkles, blau oder schwarz. Ein Mittelklassewagen. Hat wohl eine Beule auf der Beifahrerseite.«

Der Störfahnder tätigte einen zweiten Anruf und schickte ein Team der Spurensicherung zum Tatort.

»Sie kümmern sich nicht selbst um die Angelegenheit?«, fragte Frau Nationalrätin maliziös. Offenbar hatte sie ihre Stimme wieder beisammen.

»Das tue ich gerade«, antwortete Spring. »Für die Detailarbeit sind die Spezialisten zuständig. Ich stelle ja auch keine medizinischen Diagnosen.«

»Eine notfallmäßige Wundversorgung hätte ich schon erwartet«, sagte die Dame und versuchte, ihren Busen wieder zu bedecken.

»Ich muss darauf achten, keine Spuren zu verwischen.« Spring dachte nach. »Haben Sie irgendeinen Anhaltspunkt, weshalb wildfremde Leute Sie mit einem Auto durch die Stadt jagen sollten? Politische Auseinandersetzungen?«

Frau Born lächelte. »Herr Spring! Wir befinden uns in der Schweiz. Nationalräte mögen zwar während der Sitzungen gegenseitig austeilen, am Abend an der Bar verstehen sich die meisten jedoch prächtig. Nein.« Sie zögerte. »Es geht um etwas völlig anderes. Und ich bin mir bewusst, dass Sie mich gleich tadeln werden, weil ich nicht früher zur Polizei gekommen bin. Ausgerechnet wir von der Staatserhaltenden BürgerPartei sollten etwas mehr Vertrauen in die Behörden haben.«

Spring setzte sich aufrecht hin. Die Ansprache bekam einen offiziellen Charakter.

»Vor zwei Wochen«, begann Barbara Born ihre Geschichte, »ist aus meinem Haus ein illuminiertes Buch aus dem späten 15. Jahrhundert gestohlen worden, ein Prachtexemplar früher Buchdruckerkunst.«

Spring runzelte die Stirn.

»Ein Stundenbuch, um genau zu sein. Das sind religiöse Gebrauchstexte, meist illustriert und sorgfältig von Hand koloriert mit Bildern vom Ablauf der Jahreszeiten, halt von Dingen, die einen Adligen interessiert haben, Bankette, Aussähen, Ernten, die Jagd, Heilige. Es stammt ziemlich sicher aus der Burgunderbeute nach der Schlacht bei Grandson 1476 und ist, wie dasjenige von Maria von Burgund, teilweise ein schwarzes Stundenbuch.«

»Das bedeutet?«

»Es ist mit goldenen Lettern auf schwarzen Hintergrund gedruckt. Das von Karl dem Kühnen war ein vollständig schwarzes, äußerst selten.«

»Wertvoll?«, wollte der Störfahnder wissen.

»Unter Liebhabern und Bibliotheken unschätzbar, aber im Markt unverkäuflich«, sagte sie.

»Geht es etwas genauer?«

»Wir reden von mindestens einer Million Euro.« Barbara Born ärgerte sich über die Ignoranz des Polizisten.

Spring pfiff durch die Zähne. »Und wie ist dieses Kleinod in Ihren Besitz gelangt?«

»Na, hören Sie, was spielt denn das für eine Rolle?«, entrüstete sie sich.

»In einem derart undurchsichtigen Fall spielt alles eine Rolle«, beruhigte der Störfahnder.

»Wie Sie meinen«, seufzte Born. »Ich hab es vor 20 Jahren bei einem Händler in der Westschweiz erworben. Damals noch wesentlich günstiger.«

»Nun also hat man Ihnen das wertvolle Stück nach einem Einbruch gestohlen, wenn ich Sie richtig verstanden habe«, rekapitulierte Spring. »Und Sie haben es nicht der Polizei gemeldet.«

Das Wangenrot überstrahlte inzwischen alle weiteren Farben in Borns Gesicht. »Hören Sie.« Sie beugte sich gefährlich weit über den Tisch und ließ ihrem Fleisch den Weg aller Schwerkraft.

Hoffentlich kommt keiner rein, dachte Spring.

»Ich war abwesend. Der Einbruch geschah wohl am Donnerstag. Als ich am Sonntag von der Parteiklausur zurückkam …«

Lass es Abend werden, fieberte Spring.

»… spielte ich zuerst den Anrufbeantworter ab. Das dritte Gespräch begann mit ›Keine Polizei!‹, dann folgte eine Lösegeldforderung von 100.000 Franken.«

»Ein bescheidener Preis angesichts des Werts des Buches«, sagte der Störfahnder mit belegter Stimme.

»Ja«, fuhr Born unbeirrt weiter. »Ein Preis, den zu zahlen ich gewillt war.«

»Ohne Polizei«, grummelte Spring. »Ausgerechnet die SEBP!«

»Na gut«, fasste die Nationalrätin zusammen und zurrte ihr Mieder zurecht, »machen Sie sich über mich lustig. Sie müssen es ja wissen.«

Springs Abwehrreaktion wirkte eingespielt und unecht.

»Wo bleibt der Krankenwagen?«, echauffierte sich die Politikerin. »Hoffentlich leistet das Gesundheitswesen bessere Arbeit.«

Kurz nachdem die Nationalrätin abgeholt worden war, traten zwei Polizisten vom Unfalltechnischen Dienst ins Büro des Störfahnders.

Er schaute kurz in ihre Gesichter und entnahm ihren Mienen schon das Wesentliche.

»Kein Unfall?«, fragte Spring.

»Bestimmt ein Unfall«, erklärte der große Schlanke, »aber unter seltsamen Umständen.«

»Erklären Sie es kurz und bündig«, bat Bernhard Spring.

»Keine Bremsspuren, wenig Aufprallspuren. Also bei der Geschwindigkeit, die ein von einem Auto gejagter Roller an dieser Stelle haben müsste, eine äußerst dürftige Beweislage. Vom Verfolger keine Spur. Keine Zeugen, die außer dem Schleifen von Blech irgendetwas wahrgenommen hätten. Niemand, der eine verletzte Frau gesehen hat, die hierher gewankt wäre.«

»Hätte mich auch gewundert«, sagte der Störfahnder. »Nicht einmal die Bewachungsfirma bei der Fixer-Anlaufstelle?«

»Um diese Zeit noch geschlossen. Auch beim Kunstmuseum niemand. Öffnet erst um zehn.«

»Ihre Einschätzung?«, bat Spring.

»Darf ich offen sprechen?«, fragte der Kleinere der beiden.

»Ich bitte darum.«

»Der sogenannte Unfall ist fingiert. Jemand hat den Roller anfahren lassen, ist bei 20 Stundenkilometern abgestiegen und hat ihn auf das Metallgitter zuschlittern lassen. Ende der Geschichte.«

»Also Vortäuschen eines Unfalls?«

»Ja«, sprachen beide wie aus einem Mund.

»Wie müsste ich mir bei einem echten Unfall die Verletzungen vorstellen?«, wollte Bernhard wissen.

»Kommt drauf an, wie die Person gestürzt ist. Wenn sie erst gegen den Zaun geprallt wäre, was wir eher ausschließen, dann wären das teilweise offene Wunden rechts und vom späteren Sturz einzelne Verletzungen links, eventuell ein Knochenbruch«, erklärte der Größere.

Sein Kollege fuhr fort: »Bei einem seitlichen Sturz Schürf- und Schnittwunden auf der Seite, in diesem Fall links, dazu Steinchen und Asphaltabrieb.«

»Einseitige Verwundungen? Und mindestens ein paar Schnitte und Schürfungen?«

»In die Richtung.«

»Beidseits zerrissene Kleidung, beide Beine verschmutzt, aber keine Hautverletzungen. Das entspräche nicht den Erwartungen?«

»Bestimmt nicht«, sagte der Große. »Mit 60 in einen rostigen Zaun und anschließend auf den Asphalt geschleudert, da bleibst du benommen und jammernd liegen. Du weißt vielleicht nicht mal mehr, wie du heißt.«

Aber es sollte nicht die letzte böse Überraschung des Tages bleiben. Kurz nachdem die beiden Polizisten Springs Büro verlassen hatten, stürzte der Polizeichef in den Raum.

»Sind Sie nun von allen guten Geistern verlassen?«, brüllte er. »Haben Sie Ihre Leute noch im Griff?« Dann knallte er die abendliche Gratiszeitung auf den Tisch und zeigte auf die Schlagzeile: »Porno vor 100 Jahren!«

Mit einem Verweis auf Seite 3 wurde der Text von

Richard Lesclide über das Sündenbabel Bern angekündigt.

»Und wissen Sie, wer den Text den Untersuchungsunterlagen entnommen und der Presse zugespielt hat?«, schrie der Chef weiter. »Ich habe mich nämlich erkundigt.«

»Sagen Sie es mir«, stammelte Bernhard Spring.

»Ihre blitzgescheite Assistentin Pascale Meyer. Die Frau ist ab sofort vom Dienst suspendiert! Bis die Sache geklärt ist, kann sie sich sonst wo aufhalten, aber nicht mehr in diesen Räumlichkeiten. Und wenn Sie Ihre Untergebenen nicht besser unter Kontrolle haben, können Sie Ihr Kündigungsschreiben aufsetzen.«

Damit stampfte er wie ein Kaltblüter aus dem Zimmer. Wenn man es genau betrachtete, ein blaues Pferd von Franz Marc, wie eins im Kunstmuseum hing.

DONNERSTAG, 5.8.2010

»Die Polizei ist bestimmt nicht so dumm, wie gewisse Leute glauben. Ich bin auch nicht so dumm, wie gewisse Leute glauben. Es mögen dieselben Leute sein. Das macht die Sache nicht besser. Gehen Sie mit mir folgende Rechnung durch: Auf der Todesliste stehen 20 Namen. Zwei weitere Opfer sind längst von diesem Leben erlöst. Wenn Sie nun diese beiden Zahlen multiplizieren, dazu die Zahl der Verdächtigen nehmen und nun zwei Mal die Quersumme rechnen, kommen Sie auf die bisherige Zahl der Opfer.

Solltc die Lage eskalieren, ist einzig die Polizei daran Schuld, denn niemand sonst konnte Details der Vorgänge an die Presse übermitteln, wie z. B. den Schalldämpfer. Die nächsten Opfer werde ich von hinten erledigen müssen, da sie auf ihrer Vorderseite aufmerksam sein werden. Allerdings bringe ich niemanden gerne um, ohne ihm ins Gesicht zu sehen. Aber weil immer etwas schiefgehen und ich keine Zeugen brauchen kann, bleibt mir nichts anderes übrig, als mit verschiedenen Hilfsmitteln zu agieren. Geben Sie sich im Übrigen keine Mühe, verschwenden Sie Ihre Kräfte nicht, denn den Schalldämpfer habe ich bereits vor einigen Jahren in einer europäischen Großstadt erworben.

Wie ich höre, haben Sie auch den Lesclide erhalten? Lesen Sie ihn aufmerksam. Übertragen Sie Ihre Erkenntnisse auf heute, und Sie werden Spuren finden.«

Bernhard Spring mochte zwar Rätsel, lieber aber war es ihm, wenn man Klartext redete. Denn er kannte keinen Untersuchungsrichter, der aufgrund von Zahlenspielen und von literarischen Dokumenten Haussuchungsbeschlüsse oder gar Haftbefehle ausstellte.

Müller musste her. Der hatte den Text gelesen und sollte seine Schlüsse daraus ziehen.

Und Müller kam. Er kam sofort, als ob er hinter der nächsten Ecke auf den Anruf des Störfahnders gewartet hätte.

»Dieser Richard Lesclide spielt offenbar doch eine bedeutende Rolle in unserem Fall«, eröffnete Spring das Gespräch.

»Nicht in unserem Fall«, erwiderte der Detektiv, »sondern in der Vorstellung des Mörders. Es ist ja nicht der Autor, der interessant ist, sondern der Auszug aus seiner Erzählung. Bern glich also damals, gegen Ende des 19. Jahrhunderts, einem Sündenpfuhl, in dem Frauen aus aller Herren Länder verfügbar waren.«

»Entspricht das der Realität?«, wollte Spring wissen.

»Keine Ahnung«, antwortete Müller. »Es ist ein literarisches Dokument. Ich habe den Eindruck, es hätte jede Stadt genannt sein können. Dass es ausgerechnet im kleinen Bern eine derartige Massierung von Edelprostituierten aus der ganzen Welt gegeben haben sollte, halte ich für unwahrscheinlich. Aber vielleicht ist das gerade der Schlüssel zu unserem Fall.«

»Keiner der beiden Getöteten hat aber Beziehungen zur Unterwelt unterhalten – so weit wir bisher feststellen konnten.«

»Dennoch muss hier ein Zusammenhang bestehen, entweder mit der Prostitution oder mit der Suche nach sexueller Freizügigkeit.«

»Davon haben wir bestimmt nicht mehr zu bieten als andere Städte«, seufzte Spring, und man wusste nicht genau, ob er diesen Umstand bedauerte. »Was hältst du vom Zahlenrätsel?«

»Ich weiß nicht, ob man das als Gleichung lösen kann. Aber wir haben ja ›nur‹ zwei Opfer, oder sollten es bereits mehr sein, und wir wissen nichts davon? Gehen wir mal von den beiden aus. Zwei als Quersumme ergibt sich aus 11 oder 20. 2 mal 20 allerdings ergibt 40, plus die Verdächtigen, das ist bestimmt eine Zahl unter 50. Da fällt also 20 als Quersumme weg. Bleibt 11. Das ist die Quersumme von 47.«

»Also hätten wir 7 Verdächtige?«, fragte Spring. »Da soll einer draus schlau werden.«

»Ich glaube, der verarscht uns einfach und will, dass wir etwas zu tun haben. Oder er rechnet damit, dass wir auf 4711 kommen und jemanden finden, der dieses Parfüm benutzt?«

»Wenn er das Jahr 1147 meint?«

»Ich schau mal bei Wikipedia nach«, erklärte Müller, bevor er sich an Springs Computer heranmachte. »Puhh, etwa 100 Staatsoberhäupter, Hermann von Ortenburg, der spätere Gegenbischof von Gurk, wurde geboren, gestorben sind auch ein paar Leute, zum Beispiel Friedrich II. der Einäugige, der Vater von Kaiser Friedrich I. Barbarossa, und es gab den sogenannten Wendenkreuzzug gegen die Ostslawen.«

»Toll«, sagte der Störfahnder in schlaffer Begeisterung.

»Ich sag ja: Arbeitsbeschaffungsmaßnahme!«

»Also: 47«, wiederholte Spring.

»Das ist einfach nur eine Zahl.«

»Nichts ist ›einfach nur eine Zahl‹!«

»Hör bloß auf«, meinte Müller. »Ich kann nicht mit Leuten, die hinter den Dingen immer eine verborgene Bedeutung sehen und sie nicht als das anschauen, was sie sind.«

»Aber es ist der Hinweis eines Mörders. Und muss deshalb etwas bedeuten.«

»Wie gesagt: Dass er uns verarscht«, wiederholte der Detektiv.

»Nichts ist ›einfach nur eine Zahl‹«, nörgelte Spring, »wenn man sie mit Blut auf den nackten Bauch einer toten Frau schreibt.«

Müller sprang vom Computerstuhl auf. »Wo hast du denn das gesehen? Du hast mir gar nichts davon mitgeteilt.«

»Nun beruhige dich wieder. Das gibt es nicht real, sondern virtuell über den Textausschnitt aus der Erzählung von Lesclide.«

»Weiter hergeholt geht wohl nicht«, seufzte Heinrich.

»Es gibt«, begann Bernhard, »unterschiedliche Möglichkeiten, mit der Wirklichkeit umzugehen. Für die einen ist sie eine zielgerichtete Abfolge, eine Reihe von Ereignissen, deren Entwicklung keinen Widerspruch duldet. Falls es doch einen gibt, schlägt er eine Unterscheidung vor, die den Widerspruch auflöst.«

»Zum Beispiel zwei unterschiedliche Zeugenaussagen, die gegeneinander abgewogen werden durch die Glaubwürdigkeit der Zeugen.«

»Oder die genaue Untersuchung von Beweismitteln«, fuhr der Störfahnder fort. »Die andern hingegen finden abschließende Wahrheiten eher hinderlich beim Denken. Sie sehen eine Reihe von Ereignissen nicht als zielgerichtet, sondern als eine Ablösung des einen durch ein anderes.«

»Wie soll ich das verstehen?«, fragte Müller.

»Ein Täter macht nicht dort weiter, wo er das letzte Mal aufgehört hat, weil er ein bestimmtes Ziel verfolgte. Er schafft eine neue Situation, welche die erste ablöst. Er erfindet sich neu.«

»Das heißt, er beginnt immer von vorn. Er könnte sich also auch wiederholen …«

»… und hätte dennoch den Eindruck einer neuen Erfahrung, denn die Situationen und Personen ähneln sich möglicherweise, aber der Anlass ist ein anderer.«

»Und uns unbekannt«, ergänzte Müller. »Er will also

nicht den Widerspruch zwischen erwünschtem und nicht erwünschtem Verhalten auflösen, sondern er hat den Eindruck, er erfinde sich jedes Mal neu.«

»Genau. Er sieht sich als Künstler, nicht als Handwerker …«

»… und will seine Kunst vervollkommnen …«

»… und genießen.«

Müller fasste zusammen: »Wir suchen also nicht den dumpfen Wiederholungstäter, sondern den sensiblen Kreativen, der sozusagen das falsche Material für seine künstlerische Tätigkeit benutzt.«

»Er wird den meisten also nicht auffallen«, schloss der Störfahnder. »Er braucht sich noch nicht einmal zu verstecken. Wenn die Presse von ›die Toten‹ und ›der Täter‹ spricht, fühlt er weder sich selbst noch seine Opfer gemeint, da er dieser allgemeinen Kategorie nichts abgewinnen kann. Er nimmt sie als Verschwörungstheorie wahr.«

Müller schüttelte den Kopf. »Er fühlt sich in der Allgemeinheit nicht als Besonderer.«

»Mehr noch: Er erkennt das Allgemeine nicht an!«

»Und wie wollen wir ihn finden?«, fragte Heinrich.

»Wir müssen seiner gestalterischen Kraft Material geben, ihm sozusagen einen Köder hinlegen.«

»Ein weiteres Opfer riskieren?«

»Nein. Es muss neben den Menschen noch etwas anderes geben, das ihn interessiert. Wir haben es nur noch nicht gefunden.«

Der Albert-Anker-Weg in Biel war zum zweiten Mal das Ziel von Bernhard Spring und Heinrich Müller. Heute trugen sie einen Haussuchungsbeschluss mit sich, den der Untersuchungsrichter zögerlich ausgestellt hatte, nicht nur, weil Hubert Welsch ein Opfer, sondern auch, weil für die Spurensuche bereits viel Zeit seit der Tat vergangen war. Auch die beiden Berner wussten nicht, wonach sie eigentlich suchten.

Renate Welsch war denn auch mäßig begeistert, als der Störfahnder und der Detektiv vor der Tür standen. »Ich bin gerade dabei, die Papiere meines Mannes zu sichten. Ich habe eigentlich mit einer Lebensversicherung zu meinen Gunsten gerechnet. Nun stellt sich heraus, dass er seine Kollegen bevorzugt hat. Haben Sie davon gewusst?«

»Ja. Dazu wollten wir Sie noch befragen. Es war Ihnen also nicht bekannt?«

Frau Welsch heulte längst, die Stimmung kippte. »Ich weiß noch nicht einmal, ob ich das Haus halten kann«, sagte sie.

»Falls es sich herausstellt, dass seine Kollegen in den Mord verwickelt waren, wird mir dann das Geld ausbezahlt?«

»Sie möchten aber schon wissen, wer Ihren Mann …?«

»Klar. Aber im Moment geht es ums nackte Überleben. Das andere kann warten. Ich kann Herbert ja nicht zurückholen.«

»Vielleicht gibt es ein Detail, das uns weiterhelfen

könnte«, versuchte es Müller, »und das Sie bisher verschwiegen haben?«

»Ich kann mir nichts vorstellen«, flüsterte sie und war wieder den Tränen nahe.

Spring und Müller begaben sich in Begleitung von Renate Welsch auf einen Rundgang durchs Haus, sie begutachteten Zimmer um Zimmer, ohne auf den ersten Blick etwas Untersuchenswertes zu bemerken. Im Büro überraschte sie eine Unmenge von Papieren, Ordnern und Ablagen. Dafür würden sie Tage brauchen.

»Ich habe bisher nichts gefunden, was einen solchen Tod, wie ihn mein Mann erleiden musste, rechtfertigen könnte«, sagte die Witwe.

Im Keller wiegelte sie sichtlich ab, als sie erklärte: »Rechts geht's zur Garage, links zum Partykeller. Der ist abgeschlossen. Völlig durcheinander nach dem letzten Fest der Kinder.«

Es dauerte geraume Zeit, bis sie mit dem Schlüssel wieder auftauchte. Hinter der Tür erwartete die Berner eine Überraschung: Statt des angekündigten Durcheinanders fanden sie aufgeräumte Ordnung wie im restlichen Haus: Gestelle, Lagerboxen, Leuchtkästen.

»Was ist das denn?«, fragte Spring.

»Das ist die Pfahlbausammlung meines Mannes«, erklärte Renate Welsch kleinlaut.

»Und woher stammen die Gegenstände?«, wollte Heinrich Müller wissen. »Das ist ein Museum!«

»Hubert hatte sie aus verschiedenen Quellen«, sagte

seine Witwe. »Meistens aus Privatsammlungen, die Ende des 19. Jahrhunderts angelegt worden sind. Die gehen unter der Hand weg. Vieles ist zerstört worden. Da hat Hubert doch einiges retten können.«

Die ewig gleiche Ausrede für das Privatisieren von Grabraub und Plünderung. Müller und Spring bestaunten die Fundstücke. Säuberlich in Reih und Glied erblickten sie Steinbeile in allen Größen, Schaber, Kratzer und Pfeilspitzen aus Feuerstein, Pfrieme und Nadeln aus Horn, ja sogar eine kleine geritzte Figur auf einem Elfenbeinstab überraschte sie sowie eine prähistorische Flöte.

»Pfahlbauer!«, erklärte der Detektiv.

»Ja?«

»Wolfsfalle … gepfählt … Wenn die Todesart etwas mit der Leidenschaft des Opfers zu tun hätte?«

FREITAG, 6.8.2010

Goldenes Amarenenkirschrot leuchtete aus den Gläsern, in denen ein Oberkircher Spätburgunder Weißherbst Auslese 2003 aus dem Ortnauer Weinkeller funkelte.

»Dass die Deutschen immer so lange Namen für den Wein haben müssen«, mümmelte Leonie Kaltenrieder, als sie den ersten Schluck den Gaumen hinunterrollen ließ. »Süße rote Frucht in der Nase, Cranberrys und Kirschen im Mund, lieblich im Abgang.«

»Da halte ich es mit den Gefolgsleuten des altägyptischen Himmelsgottes Horus, deren Träume, wenn sie Wein tranken, positiv gedeutet werden im Sinne von: ›Das bedeutet, richtig zu leben‹«, erklärte Heinrich Müller, bevor er seinerseits zur zweiten Flasche aus der Ortenauer Weinkellerei griff, einem Affentaler Spätburgunder 2007. Ihm gefiel das kräftige Burgunderpurpur und der Duft nach roten Beeren.

Dann legte er einen Etivaz Alpkäse aus den Greyerzer Bergen auf den Tisch, der trotz der grasig-salzigen Strenge im Geruch beinahe auf der Zunge zerschmolz, und sagte: »Wenn man hört, wie die Sennen auf der Alp ob ihrer schweren Arbeit den ganzen Tag fluchen, so müsste eigentlich der Käse vor Scham sauer werden. Insofern ist er doch ein sehr robustes Nahrungsmittel.«

Als Heinrich Müller das erste Mal ausgiebig Wein

genossen hatte, war sein Vokabular noch sehr beschränkt gewesen. Er begegnete dem Trank der Götter in einer Vollmondnacht. Es war ein Initiationsritus, ausgelöst von einer Halbliterflasche billigen Weißweins. Er sah die ihm vertraute Umgebung im weichen Licht des Erdtrabanten. Überhaupt war alles ein bisschen weich, die Knie, der Magen, das Gehirn. Wohlig versank er im feuchten Gras, wunderte sich noch, dass da ein Bett für ihn bereitet war, und fluchte, als er zwei Stunden später unterkühlt neben einem Zelt erwachte. Die nächste Bekanntschaft mit vergorenem Rebensaft jedoch machte Heinrich mit dem süß-klebrigen Moscatel aus der Spanischen Weinhalle im ersten Stock einer St. Galler Altstadtliegenschaft, deren steile, schmale Treppe das erste Hindernis auf dem langen Fußweg über den Rosenberghügel zurück in sein Bett war. Dass die Welt schwankte, war die erste Erkenntnis, aber dass sich physikalische Theorien über Schwerkraft und die Drehung der Erde mit ein bisschen Wein derart plastisch umsetzen ließen, löste im Vernichter von iberischem Billiggetränk mehr als einen kapitalen Schwindel aus. Man konnte also nicht behaupten, die Jahrzehnte währende Geschichte von Heinrich Müller und Wein habe mit einer glücklichen Fügung begonnen.

Das Nachmittagslicht hellte die Pergola auf und warf Schatten über die Papiere, die Bernhard Spring auf zwei Tischen aufgeblättert hatte.

»Mehr haben wir nicht«, erläuterte er. »Ein paar Protokolle, eine unvollständige Liste von Pfahlbaufundstücken, niemanden, den wir mit starken Motiven verdächtigen könnten. Abgesehen von den sieben Personen, die der letzte Brief suggeriert, aber das ist nicht mehr als eine vorerst belanglose Zahl.«

»Wir haben aber auch wenig Entlastendes«, ergänzte Müller. »Wir gründeln im Schlick.«

»Immerhin hat sich der Schlick verdichtet, will sagen, dass Hubert Welsch und Henri Knecht nicht nur Opfer, sondern auch Täter sind. Das hat jemanden so sehr in Rage versetzt, dass er ihren Tod für gerechtfertigt hält. Ich habe eine Überprüfung der Bankunterlagen beantragt.«

»Können wir so weit gehen, dass wir klar erkennen, wem Gelder zugeflossen und woher sie gekommen sind?«, fragte der Detektiv.

»Schritt für Schritt«, meinte Spring.

»Kann man eigentlich mit Pfahlbauartefakten Schwarzgeld waschen?«, wollte Nicole wissen.

»Du kannst bestimmt Geld daran verschwenden«, erklärte Heinrich. »Aber einen eigentlichen Markt, auf dem du in Pech konservierte Fundstücke aus dem 19. Jahrhundert verkaufen könntest, gibt es nicht. Jedenfalls wenn du so viel damit verdienen willst, dass nicht nur das investierte Geld wieder reinkommt, sondern sogar ein Gewinn dabei herausschaut. Wertgegenstände aus der frühen Bronzezeit sind nur wenige bekannt. Davon haben wir bei Hubert Welsch keine gefunden, nur Gegenstände aus Holz, Stein und Knochen. Noch nicht einmal ein prähistorisches Brot wie jenes, das man in Twann aus dem See geborgen hat.«

»Deine Vermutung«, führte Spring seinen Gedanken weiter, »dass diese Fundstücke etwas mit der Todesursache zu tun haben, hat mich nicht losgelassen. Ich musste die ganze Nacht darüber nachdenken.«

»Es wäre ein Durchbruch«, erwiderte Müller. »Es würde sozusagen das Beuteschema der Polizei klären. Gehen wir davon aus, dass ich recht habe. Dann gäbe es einen Menschen, der die legalen oder illegalen Geschäfte der beiden Opfer als derart störend empfand, dass er sie nicht nur als Motiv für seine Morde verwendete, sondern sie auch danach inszenierte.«

»Hubert Welsch also«, überlegte Nicole, »wäre wegen der illegal erworbenen Pfahlbaufunde gepfählt worden? Darauf musst du erst kommen ... Aber die Erschießung von Henri Knecht deutet auf nichts Konkretes.«

»Du darfst nicht vergessen, dass dabei ein Schalldämpfer verwendet worden ist, also etwas verheimlicht werden soll ...«

»... und dass die Hinrichtung auf der Terrasse des Centre Dürrenmatt stattgefunden hat. ›Der Richter und sein Henker.‹ Bitte lesen!«

»Wenn wir nun noch die Viererbande dazu nehmen? Kann es sein, dass die andern beiden auch gefährdet sind?«, fragte Nicole.

»Am besten, du konfrontierst sie mit dieser Theorie«, riet Müller dem Störfahnder. »Dann sehen wir, ob sie sich verstecken oder ob sie agieren. Damit können wir Wild und Jäger unterscheiden.«

»Schwierig. Bisher wissen sie noch nicht mal, dass wir sie in die Ermittlungen mit einbezogen haben. Ich kann sie also schlecht ohne Erklärungen vorladen.«

»Ruf sie an«, sagte Nicole. »Gleich jetzt. Fall mit der Tür ins Haus. Der Überraschungseffekt liegt auf deiner Seite.«

»Wenn sie nichts sagen, hätten wir sie immerhin aufgescheucht«, meinte Spring. »Es ist wohl besser, sie reagieren, als dass weiterhin alles im Dunkeln bleibt.«

Bernhard Spring stieg in den ersten Stock hinauf und erschreckte Baron Biber, der sich hinter der Tür eingekugelt hatte, damit er sich jederzeit im Katzenklo verstecken konnte, falls wieder ein verspäteter Erster-August-Feuerwerkskörper explodierte.

In Müllers Büro griff Spring zum Telefon. Der erste Angerufene, André Huber, hob sofort ab. Als der Störfahnder sein Anliegen formulierte, wiegelte er jedoch ab.

»Ich erwarte auf der andern Linie einen dringenden Anruf aus dem Ausland«, erklärte er seine Schroffheit. »Kann ich Sie am Montag irgendwo erreichen?«

»Sie kommen am besten um 8 Uhr in meinem Büro im Waisenhaus vorbei und bringen alle Bankauszüge der letzten zwei Jahre mit«, erklärte Spring, der wütend geworden war.

Huber lachte. »Das könnte Ihnen so passen!«

»Sie entscheiden«, kläffte Spring und hängte auf, ohne sich zu verabschieden.

Claude Eckstein erreichte er auf dem Handy in Basel. Auch der hatte viel zu tun, fand aber doch Zeit, mit dem Störfahnder zu sprechen.

»Mein Beruf?«, fragte er etwas zu schnell. »Alles, was mit Import/Export zu tun hat und Kommissionen einbringt.«

»Gefahrengüter?«, wollte Spring wissen.

»Es gibt nur Gefahrengüter in diesem Geschäft«, erklärte Eckstein. »Kann sein, Sie importieren Weizen, und es ist Gen-Getreide drin. Totalverlust.«

»Sie wissen, was ich meine«, sagte Spring, plötzlich müde.

»Jedenfalls nur legale Güter.«

»Darf ich«, der Störfahnder war nun deutlich höflicher, »am Montagnachmittag in Ihrem Büro vorbeischauen? Sie arbeiten doch in Bern?«

»Moment.« Eckstein blätterte offenbar in einer Agenda. »Ja, da bin ich frei. 15 Uhr?«

»Gern. Darf ich Einblick in Ihre Geschäftsunterlagen nehmen …?«

Eckstein schluckte leer und meinte: »Geht das nicht etwas zu weit?«

»… oder muss ich einen Durchsuchungsbeschluss mitbringen?«

»Nein, nein«, beeilte sich Eckstein zu beteuern. »Sie wissen ja, wir von der SEBP arbeiten gern mit der Polizei zusammen.«

»Montag«, erklärte Spring, als er zurückkam. »Den Widerspenstigen habe ich in mein Büro bestellt, beim andern gehe ich vorbei.«

»Gut. Ich bin am Wochenende wieder in Ligerz im ›Löwen‹«, sagte Nicole. »Ich werde erfahren, wenn sich was tut.«

»Nimm's nicht zu Herzen«, beruhigte Heinrich. »Schon Kommissar Jules Maigret hat zu seiner Frau gesagt: ›Weißt du, bei jeder Ermittlung tritt irgendwann eine Wende ein, wo mir jedes Selbstvertrauen abhanden kommt.‹«

Pascale Meyer und Cäsar Schauinsland saßen derweilen in Erlach zu Füßen eines der ältesten Schlösser im Kanton Bern in der ›Cabane du Pêcheur‹ unter einem gesundheitsgefährdenden Stoffsonnendach auf bordeauxroten Plastikstühlen vor einem speigelben Plastiktisch. Darauf eine hölzerne Drehplatte mit frittiertem Zander, Felchen, Hecht und Egli, jeder Fisch mit einem Fähnchen gekennzeichnet und in asiatisch anmutenden Porzellanschalen serviert. Tristesse und Fröhlichkeit lagen nah beieinander. Cäsar sprach Pascale Mut zu und erhob sein Glas spritzigen Erlacher Blanc de Noir aus dem Gemeindekeller zu einem Trinkspruch auf eine erfolgreiche Zukunft.

»Du bist lieb«, meinte sie, »aber es hilft nichts. Ich bin vom Dienst suspendiert, weil ich diesen blöden Text an meinen Kollegen weitergegeben habe.«

»Nein. Du bist suspendiert, weil du Akten aus den Ermittlungsunterlagen rausgegeben hast und dein Super-

Kollege sie gleich veröffentlicht hat, statt sie einfach mal zu lesen.«

»Streu du nicht auch noch Salz in meine Wunde«, seufzte Pascale.

»Es wird sich herausstellen, dass es eine gute Idee gewesen ist«, sagte Cäsar, um sie zu beruhigen.

»Keine Ahnung. Ich bin mir ja selbst nicht mehr sicher.«

»Jedenfalls lassen wir es nicht auf sich beruhen«, meinte Schauinsland.

»Wie meinst du das?«

»Wir werden uns rächen.«

»An wem?«

»An wen denkst du denn?«, fragte der Objekt-Verbrennungskünstler.

»Am liebsten würde ich den Mörder aufscheuchen, um mich zu rehabilitieren«, erklärte Meyer.

»Du denkst immer nur an die Arbeit«, wies Cäsar sie zurecht. »Den Feind zu studieren, ist sehr wichtig. Bevor man sich ein Urteil über ihn erlaubt, soll man ihn äußerst genau beobachten und sich nicht von ihm täuschen lassen.«

»Wo hast du das denn wieder her?«

»Japanische Samurai-Kampfkunst«, erklärte Cäsar. »Es gibt die Vergangenheit, die Gegenwart und die Zukunft; doch lass deinen Geist nicht an einem Zeitpunkt haften. Die Zeit ist andauernde Gegenwart, nutze also jeden Augenblick.«

»Ich hänge ein bisschen in der Vergangenheit fest«, seufzte Pascale.

»Lass deinen Gegner unter den Einfluss von Aberglauben geraten, nicht dich selbst.«

»Gut. Ich würde mich gern an der Menschheit rächen. Ich schlage ein Feuerchen vor, das sie so schnell nicht vergessen werden.«

»Ich habe eine Karte mitgebracht, denn daran habe ich auch schon gedacht«, sagte Cäsar und breitete das Papier der Eidgenössischen Landestopographie auf dem Tisch aus. Das Blatt zeigte den Bielersee und seine Umgebung.

»Es ist von großer Wichtigkeit, den nächsten Schritt der eigenen Strategie geheim zu halten, weil sonst der Gegner einen Nutzen aus diesem Wissen ziehen könnte«, erklärte Schauinsland und sagte nach einem weiteren Dreier Blanc de Noir: »Ortsbesichtigung.«

Sie standen von ihren Gartenstühlen auf, griffen ihre schmalen Rucksäcke und stapften gemessenen Schrittes Richtung Petersinsel. Am Heidenweg stand das eingestaubte, hochgeschossene Schilf wie eine Lärmschutzwand an der Autobahn, über die sie nicht hinausblicken konnten. Sie spazierten über die Landenge, die erst nach den Juragewässerkorrektionen von 1868 bis 1892 trockengelegt worden war und aus den beiden Inseln eine einzige längliche Halbinsel machte.

Sie folgten dem Naturlehrpfad zum Thema Riedland über Holzbohlenwege hinaus an den See und wieder zurück durch das Brutgebiet seltener Vögel und den

Lebensraum von Reptilien und Insekten. Aber eigentlich hatten sie nur Augen füreinander. Pascale fühlte sich im Urlaub statt in der Zwangs-Auszeit, Cäsar brütete über einer geplanten Feuershow.

Grauhaarige Damen bekämpften mit elektrischen Rasenmähern den Wildwuchs, der aus dem Naturschutzgebiet herüberzuwuchern drohte. Der ursprüngliche Buchenwald war einem Mischwald gewichen.

An der Chüngeliinsel vorbei, auf der Jean-Jacques Rousseau Kaninchen ausgesetzt hatte und die deswegen so genannt wurde, erreichten Pascale und Cäsar das Restaurant und Hotel ›St. Petersinsel‹, ein ehemaliges Cluniazenserkloster, das früher direkt am Wasser gelegen hatte. Heute wie die ganze Insel im Besitz der Burgergemeinde Bern, gehört es politisch aber zur Gemeinde Twann am gegenüberliegenden Ufer des Bielersees.

Die beiden besichtigten wie von der Hochzeit überzeugte Geliebte das Rousseauzimmer und stellten sich eine Liebesnacht in der Abgeschiedenheit vor. Dann fanden sie zur Anlegestelle Petersinsel Nord zurück und bestiegen das Schiff Richtung Biel.

»Wer im Winter ins Wasser fällt, bleibt lang auf dem Grund des Sees liegen, denn bei einer Wassertemperatur von unter vier Grad stoppt der Verwesungsprozess. Es bilden sich keine Darmgase, und der Körper liegt unten fest, bis er im Frühling mit der zunehmenden Wärme vom Boden aufsteigt und als Wasserleiche ans Ufer geschwemmt wird«, erzählte Cäsar.

Unterwegs zeigte er seiner Freundin die Rebdörfer am Nordufer des Sees, La Neuveville, Schafis, Ligerz, Schernelz, Twann, Wingreis, Tüscherz-Alfermée und Vingelz, hinter der Bahnlinie leicht vom Ufer zurückversetzt. Früher waren die Dörfer, die vor den steilen terrassierten Weinbergen liegen, zumeist nur per Schiff erreichbar, sodass der Transport der Weinfässer nach Bern zuerst mit der Barke über den See nach Nidau, anschließend per Pferdewagen mühsam über Land erfolgen musste.

Der Fahrtwind brachte eine willkommene Kühlung für die erhitzten Gemüter, die tiefblauen Wellen verdeckten beängstigende Strömungen und unbekannte Lebwesen, nur das Lachen der andern Fahrgäste trübte die Idylle. Cäsar zeichnete mit dem Finger imaginäre Linien in den Hang, Pascale staunte erst, dann weiteten sich ihre Augen, und als sich Schauinsland flüsternd zu ihr hinunterbeugte, strahlte sie übers ganze Gesicht und küsste ihn.

SAMSTAG, 7.8.2010

»Ich bin das rosarote Batteriehäschen der Kriminalistik«, sagt Abigail Sciuto, die Labor-Punkerin aus der Kultserie Navy C.I.S., die Frau mit dem Spinnen-Tattoo auf dem Hals und dem Kreuz auf dem Rücken, gespielt von Pauley Perrette, die in der Band ›Stop Making Sense‹, benannt nach einem Song der ›Talking Heads‹, ins Mikrofon röhrt.

Cote de Pablo hingegen, welche die geheimnisvolle Mossad-Agentin Ziva David verkörpert, steht neben dem Autopsietisch wie ein schwarzer Engel und blickt auf einen männlichen Leichnam, dessen Brustlappen ausgeklappt über dem Torso liegen, mit Blick auf die inneren Organe, während ein mildes Licht die Geschlechtsregion außer Sichtweite bannt.

»Ich kann mich doch gar nicht entscheiden, ist alles so schön bunt hier«, grölt Nina Hagen in einem ihrer frühen Punk-Songs aus den Lautsprechern. Genau so erging es Nicole Himmel, hin und her gerissen zwischen den beiden Bildschirmen, die an der Wand hingen. Nicole hat sich für heute Abend in schwarzes Leder gestürzt, ›Lucy in the Sky with Diamonds‹.

So steht sie hinter der Theke im ›Löwen‹ in Ligerz. Proppenvoll ist das Lokal, denn es hat sich herumgesprochen, dass es nur noch an diesem Wochenende geöffnet sein wird. Nachher wird ausgeräumt. Also alles auf den Beinen, was sich aus Ligerz oder Twann hierher bewegen kann.

Lucys Augen blitzten, sie schüttelte ihr welliges, heute schwarz-rot getöntes schulterlanges Haar und zapfte Bier. Sie hatte sich den Abend so ausgerechnet, dass sie mit der Bedienung von Tisch zu Tisch rückte und so überall eine Frage einwerfen würde, ein paar Antworten hören könnte. Keiner hatte zwar auf sie gewartet, aber sie wurde auch nicht sonderlich beachtet. Die Staatserhaltende Bürger-Partei und die beschleunigten Karrieren einiger ihrer Exponenten waren Gesprächsanregung genug.

»Was sich der Mensch alles ausdenkt, um die Welt zu erklären«, nölte einer, der schon ein paar Apéro-Getränke intus hatte. »Zuerst hatten wir Hell und Dunkel, Gut und Böse, Plus und Minus, Eins und Null, Yin und Yang …«

»Tim und Struppi!«, rief ein anderer dazwischen.

»… Gott und Teufel, dann erweitert zur Trinität, später das Vier-Ohren-Modell, die fünf Tibeter, nun die sechs Denkhüte …«

»Denkhüte«, kicherte der Nächste vor sich hin, »was sind denn Denkhüte?«

»Ein Training für die zielgerichtete Gestaltung von Sitzungen«, erklärte sein Nebenmann, »verdienen wieder ein paar Leute ein bisschen Geld damit.«

»… bleiben die sieben Tage, die zehn Gebote, die zwölf Apostel, die dreizehn Katastrophen!«

»Dreizehn Katastrophen? Wozu dient dieses Training?«

»Eine Bewältigungsstrategie für dein Leben«, meinte sein Kumpel.

»Das kannst du laut sagen!«

Nicole wechselte den Tisch.

»Setzen Sie sich, schöne Maid. Oder verstehen Sie kein Berndeutsch?«, fragte ein Gemeinderat.

»Weshalb sollte ich kein Berndeutsch verstehen?«, wollte Nicole wissen.

»Stehen Sie denn nicht im Sold von André Huber? Der hat doch die ganzen Wochenenden organisiert. Aber ausgerechnet heute ist er noch nicht gekommen.«

»Wenn's der Herr Huber organisiert, steh ich wohl in seinem Sold«, sagte Nicole.

»Genaueres wissen Sie nicht?«, hakte der Mann nach.

»Weil …«, setzte ein anderer an, »die meisten seiner Söldnerinnen können kein Deutsch. Osteuropa. Sie verstehen?«

»Halt doch die Klappe«, wies ihn ein Dritter zurecht. »Das interessiert die Dame doch nicht, mit wem der André Umgang hat.«

»Natürlich nicht«, beeilte sich Nicole zu bekräftigen, »er zahlt ja pünktlich meinen Lohn.«

»Siehst du«, sagte der Gemeinderat. »Wie es der Brauch ist.«

Nicole wusste nicht, ob sie die Situation richtig einschätzte. Jedenfalls lief etwas im Hintergrund, von dem sie noch nichts bemerkt hatte. Sie stahl sich davon, indem sie tat, als ob sie an der Ländte eine Zigarette rauchen wollte, und rief Heinrich an, der im ›Bauch & Kopf‹ geblieben war.

Cholesack trieb nebenan seine Possen, saß nackt in der Kinderplastikplanschwanne, schüttelte jedes Mal, wenn das Kursschiff anlegte, seine Fäuste und seine Glieder und stieß wilde Flüche gegen den Kapitän und die Passagiere aus. Eine Figur aus der Commedia dell'arte, was einige mit Unmut vermerkten.

»Brauchst du Hilfe?«, fragte der Detektiv. »Ich informiere Bernhard. Oder ruf besser gleich selber an.«

»Ich glaube nicht, dass jemand Verdacht geschöpft hat und dass mir Gefahr droht«, sagte sie und klappte das Gerät zu.

»Wen rufst du denn an?«, raunte der Schmächtige von vorhin, der nun ungeniert neben ihr in den See urinierte.

Nicole stürzte davon und begab sich ins Restaurant zurück.

Dort waren die wildesten Diskussionen im Gang, der Wein floss in Strömen, Gerüchte entstanden wie Seifenblasen und zerplatzten in der alkoholgeschwängerten Luft.

Eine Frau mit etwa 1,50 (vom Keller bis zum Estrich) trug einen Petticoat wie in den 50ern. Unter diesem süßen kurzen hüftbetonten Plissee-Röckchen blitzte jeweils ein rüschenverziertes Spitzenhöschen hervor, wenn ihn die Trägerin mit einem eleganten Hüftschwung zum Rock'n'Roll oder Twist in Drehung versetzte. Man hatte Nicole ins Modemuseum bestellt!

Eine Frau erzählte von ihrer Reise nach Österreich: »Ich habe gerade an einem geschmorten Ochsenbackerl herumgekaut, passgenau für jede Zahnlücke, als die Bedienung einer älteren Ess- und Fahrgemeinschaft erklärte: ›Ja, von der Wange des Ochsen. Ganz was Zartes. Ist ja nicht in Bewegung.‹ Ich dachte noch: Wie das, ist die Kuh kein Wiederkäuer?«

»Seit wann gibt's eigentlich keine echten Österreicher-Witze mehr?«, wollte einer wissen, bevor sein Nachbar sagte: »Das schönste Straßenschild in unserm Nachbarland heißt: Unfallhäufungsstelle.«

»Die haben einfach die besseren Schilder als wir. Mit so was hätt's das nicht gegeben, mit dem Welsch in Gaicht droben, wenn dort gestanden hätte: Wolfsfallenhäufungsstelle!«

Das Lachen blieb einigen im Hals stecken.

»Erzähl' noch die andere Geschichte, die mit der Madonna.«

»Na, ich weiß nicht, in einem reformierten Kanton?« Die Frau zierte sich, bis einer einen weiteren Halben Roten bestellte, aber vom Besseren, und Nicole hinter den Ausschank schickte. Als sie zurückkam, sagte die Frau gerade: »Kommt doch der Typ von der Straße heraufgerannt zu ihr in den Garten und fragt sie, noch ganz abgehetzt: ›Möchten Sie für eine Woche die Wander-Leih-Madonna haben?‹ Und sie ganz verwirrt: ›Ja, wir haben doch keinen Platz dafür. Sie kann ja nicht hier heraußen bleiben.‹ Und als der Mann kopfschüttelnd zu seinem Wagen zurückkehrt, sagt sie noch halb laut: ›So ein Glump. Weiß wohl nicht wohin mit dem heiligen Gschwirl.‹«

Nicole bediente die letzten Gäste im Garten am See.

»Hatte der nicht eine Oksana? Er wollte sie doch heiraten. Ganz in Weiß. Wie die Petersburger Nächte. Die wusste natürlich nicht, weshalb er wütend war. Abgehauen nach einem vorehelichen Krach, noch nicht mal das Versprechen im Sack. Zum Glück kommt die für einen Schweizer Pass nicht infrage«, lästerte einer. »Stellen Sie ab«, sagte er zu Nicole und redete weiter: »Sie wusste noch nicht einmal, was für einer Arbeit ihr vorgetäuschter Geliebter nachging. Er allerdings auch nicht. Sonst hätte er nicht so viel Geld in sie investiert.«

»Hätte er billiger haben können«, zischte eine Schlange vom andern Ende des Tischs.

»Sie wusste eigentlich gar nichts, als sie von der Fremdenpolizei befragt wurde. Zu wenig für eine baldige Ehefrau. Zu viel Gelassenheit für eine Geliebte.«

»Und wo kommen denn die Gerüchte her? Du weißt schon, diese Geschichte mit dem russischen Spion, den sie tot aus der Schüss gefischt haben vor einem Jahr.«

»Du meinst den Mikrochip? Oder das, was sie dafür halten?«

»Genau.«

»Ich habe nur gelesen, dass dem Mann direkt neben

dem Rückgrat, dort, wo auch der wendigste Mittvierziger mit seinen Fingern nicht mehr hinkommt, aus einer winzigen Hauttasche etwas entnommen worden ist. Als man die Hautfalte zurückgebogen hat, entdeckte man den Negativabdruck eines elektronischen Schaltkreises, der allerdings nicht mehr völlig zu rekonstruieren war.«

»Dank der Nanotechnologie wird es in wenigen Jahren möglich sein, einen Diagnosechip in Molekülgröße durch die Adern zu senden, der regelmäßig deine Blutwerte checkt und sie ans nächste Spital übermittelt.«

»In deinen Kleidern trägst du jetzt bereits solche Chips mit herum, die nicht nur das Stehlen verhindern sollen, sondern auch angepeilt werden können, sodass man jederzeit feststellen kann, wo auf diesem Erdball sich das Kleid gerade befindet.«

»Es wandeln dann also ein halbes Dutzend Kleidungsstücke aus der ganzen Welt auf einem Träger durch die Landschaft.«

»Und wenn die Tochter die Bluse der Mutter anzieht und sich plötzlich ohne die andern Stücke auf den Weg macht, bekommt der Computer eine Identitätskrise.«

Jedenfalls waren die Menschen im Lokal wieder friedlich. Sie redeten über alltägliche Probleme und nicht mehr über Auslandsreisen, Hassprediger oder Völkermord, sie gaben sich dem einen oder andern Glas hin und ließen Nicole im Großen und Ganzen in Ruhe, sodass es doch noch ein entspannter Abend wurde.

Vorerst.

Denn irgendwann gegen Mitternacht kam die Überraschung, von der Nicole nichts gewusst, die sie jedoch instinktiv gespürt hatte.

»Themenabend«, flüsterte ihr eine leicht bekleidete Dame zu, die eben erst durch die Tür getreten war.

Nicole zog die Augenbrauen hoch.

»Lord Algerton«, schob die Dame nach, als drei junge Männer durch die Tür traten und ein dünnes, bemaltes Brett an die hintere Wand des Löwen lehnten. Es sollte eine gelbe Postkutsche darstellen, eines jener Ungetüme aus vergangenen Zeiten. Auf der Tür stand »Dilligence de Lion« in nicht ganz stubenreinem Französisch.

André Huber hielt einer maskierten Venezianerin die Tür auf, und Nicole fragte sich noch, woher er plötzlich aufgetaucht war, als alle Dämme brachen. Ein Defilee von allem, was die um Osteuropa erweiterte Region an weiblicher Schönheit zu bieten hatte, eroberte den Gastraum und einen anliegenden Saal, dessen Türen sich unvermittelt geöffnet hatten und in dem ein opulentes Buffet bereitstand, ein langer Holztisch, der sich unter Unmengen von Lebensmitteln und Getränken bog.

Es kämpften blauäugige Wassernymphen vom südlichen Seeufer mit haselnussbraunen Rehaugen von den nahen Jurahöhen um Lachspasteten und Crevettencocktails, elegante Solothurnerinnen mit klassischer Silhouette zupften unter spitzen Schreien Artischockenblätter, großbusige Damen aus Ins verloren nicht nur ihren höflichen Ausdruck, sondern auch die eine oder andere

Brust aus einem tief liegenden Décolleté, während sie von schlanken Hyänen aus Neuchâtel mit Sekt bespritzt wurden. Stand da nicht mitten drin Nationalrätin Barbara Born? Bernhard Springs wirre Erzählungen bekamen langsam einen Sinn.

Als ich mein Bedenken äußerte, wie das aber endlich einen Ausgang nehmen würde, wenn man als jung solche Dinge und so arg treibe, gab er zur Antwort, das wolle gar nichts sagen, er wüsste hundert Beispiele, dass die lustigsten Meitscheni, die es mit Wein, Branntwein und Buben nicht eigelich genommen, die tollsten und brävsten Hausfrauen geworden seien.

Überhaupt mühten sich alle darum, den Eindruck, den sie aus den kurzen Textpassagen erhalten hatten, die von den Tageszeitungen aus dem Lesclide veröffentlicht worden waren, nicht etwa zu verfeinern, sondern ihn im Gegenteil ins Absurde zu steigern. Bald einmal hingen die nachlässigen Kostüme in Fetzen, und ein Mann, den Nicole noch nie gesehen hatte, bemühte sich, den unrühmlichen Reigen noch anzuheizen. Er spielte die Rolle des Lord Algerton, aber er spielte sie falsch. Vielleicht war das Claude Eckstein? Er drängte die Frauen mit obszönen Gesten, als ob sich ihnen dadurch ein Geheimnis entreißen ließe. Er verteilte Wein flaschenweise und bewarf die Anwesenden mit fettigem gebackenem Fisch, bis auch die letzte Ordnung zerfiel und alles, was nicht niet- und nagelfest war, heruntergerissen wurde.

Angesichts der Tatsache, dass das Lokal endgültig

geschlossen würde, kannte die Meute kein Halten mehr. Ein dumpfer, bösartiger Wille drängte zur Zerstörung des gesamten Mobiliars, sodass Frauen im Matsch ihre Schuhe verloren, in welche Männer in letzter Verzweiflung Rotwein kippten, um den wilden Taumel zu verstärken. Manch einer blieb einfach liegen inmitten von Spaghetti Bolognese, unsanft entschlummert mit einer Weißweinflasche in der Hand und einer halb nackten Göttin im Arm.

Nicole schoss einige Beweisfotos, schüttelte den Kopf und murmelte: »Was bitte war das? Wollen sich die Leute über den ganzen Fall einfach fasnachtsmäßig lustig machen, die Sau rauslassen, oder wollen sie uns mit bestimmten Maskeraden Hinweise auf Verdächtige geben? – Egal. Wenn es hart auf hart geht, wird das eine oder andere Foto bestimmt jemanden zum Sprechen bringen.«

MONTAG, 9.8.2010

André Huber war pünktlich. Er schob seine Hakennase mit Dreitagebart um Punkt 8 Uhr in Springs Büro, eine Dokumentenmappe klemmte unter seinem linken Arm. Über dem schwarz-weiß längs gestreiften Hemd trug er einen blauen Debardeur, dazu ebenfalls blaue Baumwollhosen. Fingerlange graue Haare standen vom Kopf ab. Huber machte den Eindruck, als ob die vergangenen Nächte anstrengend gewesen wären.

»Schlecht geschlafen?«, fragte der Störfahnder und bat seinen Gast, Platz zu nehmen.

»Ich schlafe seit Wochen schlecht«, antwortete Huber, »seit dem Tod von Hubert Welsch, wenn Sie es genau wissen wollen.«

»Weshalb?«

»Das ist eine dumme Frage. Wenn man einen Freund aus Kindertagen auf eine derartige Weise verliert, und nicht mal eine Woche später einen zweiten … Sie sollten sich schämen!«

»Warum nur bekomme ich bei Gesprächen mit Leuten von der Staatserhaltenden BürgerPartei immer den Eindruck, sie setzten die Maßstäbe, was Moral betrifft, und ich mache meine Arbeit nicht korrekt? Könnte es sein, dass dies eine verkappte Abwehrhaltung ist, weil Sie mir keine Antworten auf unsere Fragen liefern?«

»Bleiben wir bei den Fakten«, sagte Huber. »Was müssen Sie von mir wissen?«

»Gut«, erwiderte Spring. »Kurz und schmerzlos: Haben Sie irgendwelche Kenntnisse von krummen Geschäften, die Ihre Freunde getätigt hätten?«

»Nein.«

»Aber Sie haben Angst, selber Opfer eines Verbrechens zu werden?«

»So war es immerhin in der Tageszeitung angekündigt. Ja.«

»Aber Ihr Name stand nicht auf der Todesliste.«

»Das ist richtig. Die andern beiden allerdings auch nicht.«

»Warum sollte Ihnen jemand nach dem Leben trachten?«

»Aus demselben verqueren Grund wie bei Welsch und Knecht, das liegt doch auf der Hand«, seufzte der Angesprochene.

»Es liegt eben kein Motiv auf der Hand«, sagte der Störfahnder. »Kennen Sie eines?«

»Nein.«

»Sie sind auch nicht in illegale Geschäfte verwickelt?«

»Nein. Die Steuerbehörden prüfen regelmäßig meine Buchhaltung.«

»Da wäre noch eine andere Sache«, meinte Spring. »Es hat mit dem Text zu tun, der in der Presse veröffentlicht worden ist.«

»Leichte Mädchen und wilde Feste?«, fragte Huber mit einem Lächeln im Gesicht.

»Eher Frauen, wie sie für die Sittenpolizei interessant wären. Menschenhandel.«

Huber wich einen Schritt zurück und war wieder ganz Geschäftsmann. »Das ist ein hässliches Wort. Sämtliche Mädchen werden überprüft. Alles in Ordnung, alle mit den erforderlichen Papieren. Keine bleibt länger als erlaubt. Dafür sorge ich.«

»Aha. Der Ordnungspolitiker.«

»Ich bin Arbeitgeber, nicht Moralapostel.«

»Staatserhaltende BürgerPartei und Prostitution«, sagte Spring. »Wie passt das zusammen?«

»KMU* mit häufig wechselndem Personal«, brummte Huber. »Alle Belege befinden sich hier drin.«

»Sie wollen uns also nicht helfen?«

»Ich kann Ihnen nicht helfen. Wenn ich den Mörder kennen würde, hätte ich es längst getan … oder die Sache in die eigenen Hände genommen.«

»Tun Sie's lieber nicht«, empfahl Spring und verabschiedete den Besucher.

Der Störfahnder checkte die Mails auf seinem Computer. Eines davon erregte seine Aufmerksamkeit. Die Nationalrätin Barbara Born teilte kurz und knapp mit: »Die illuminierte Handschrift ist gestern in meinen Briefkasten gelegt worden. Ich habe kein Lösegeld bezahlt. Ich

* KMU = Kleine und Mittlere Unternehmen

bin im Gegenzug darum gebeten worden, die Anklage fallen zu lassen, und ich folge dieser Bitte. Besten Dank für Ihre Bemühungen.«

Kurz nachdem André Huber das Büro des Störfahnders verlassen hatte, trat an der Spitze eines Trosses von Ex-Schwingerkönigen Martin Wiederkehr, der Parteichef der SEBP, unangemeldet durch die Tür und knallte einen Katalog auf den Tisch. »Dobiaschofsky, fondée en 1923, Internationale Kunst«, stand auf dem Umschlag.

»Seite 17«, brummte Wiederkehr.

Spring schlug auf und bemerkte, dass es sich um einen Auktionskatalog handelte.

»Herrn Dr. Blank zum Andenken A. Anker*«, war in blauen Lettern auf weißem Hintergrund zu lesen. Porträtiert war Emma Blank, die Tochter von Albert Ankers Hausarzt Dr. Edward Blank, ein Mädchen, das auch für die Gotthelf-Illustration zum ›Erdbeermareili‹ Modell gestanden hatte. Aus dem Gemälde blickte ein Berner Mädchen mit vollen, leicht geröteten Wangen aus stahlblauen Augen dem Betrachter ins Gesicht. Goldblonde, hinter dem Kopf zusammengebundene Haare, ein schmales Näschen und ein Erdbeermund.

»Schön«, urteilte der Störfahnder. »Vielleicht etwas süß.«

---

* Albert Anker (1831–1910): Ein von sehr vielen Schweizern geschätzter Genremaler, der den Übergang von der Malerei zur Fotografie verpasst hat und deshalb vor allem in konservativen Kreisen ein großes Ansehen genießt. Seine Porträts und Stillleben besitzen einen hohen dokumentarischen Wert.

»Es ist heute Morgen gestohlen worden«, sagte Wiederkehr.

»Ah ja«, erwiderte Spring, denn es kam ihm vor, dass in diesem Fall auffällig viel gestohlen wurde. Dann blickte er auf den Schätzpreise und erschrak: »Oh! 90.000 Franken.«

»Ersteigert für 170.000«, erklärte der Parteichef, »ein Prunkstück in meiner Sammlung. Ich habe ein Dutzend Werke von Schweizer Künstlern des 19. Jahrhunderts gekauft und am Freitag im Auktionshaus abgeholt. Heute Morgen habe ich sie ausgepackt. Dieses hier fehlt!«

»Es wäre nicht möglich, dass es im Haus Dobiaschofsky zurückgeblieben ist?«, erkundigte sich Spring.

»Nein. Ich war dabei, als mir die Ware ausgehändigt und einzeln eingepackt wurde. Zu Hause habe ich die Bilder nochmals kontrolliert. Es fehlt nur dieses eine.«

»Also eine gezielte Entführung der Emma Blank?«

»Muss nicht sein. Es waren ja, wie gesagt, alle Bilder noch verhüllt. Möglicherweise hat jemand einfach das kleinste mitgenommen. Es passt in jede Dokumenten- oder Laptop-Mappe.«

»Ein hoher Quadratzentimeter-Preis also. Keine Lösegeldforderung?«, fragte Spring.

»Nichts. Keinerlei Hinweis. Keine Einbruchspuren.«

»Soll ich die Spurensicherung vorbeischicken?«

»Bringt nichts«, erklärte Wiederkehr. »Am Samstag gab's ein großes Fest bei uns, 30 bis 40 Personen. Jede könnte das Bild mitgenommen haben.«

»Eine Liste der Anwesenden haben Sie nicht zufällig dabei?«

»Habe ich.« Der Mann reagierte unwirsch. »Ich gebe Sie Ihnen unter Verschluss. Es sind alles Parteimitglieder und ihre Partner. Wirbeln Sie nicht zu viel Staub auf und benutzen Sie die Liste erst, wenn Ihnen nichts anderes mehr einfällt.« Damit verabschiedete sich das Überfallkommando und marschierte breitbeinig aus dem Waisenhaus.

»Da stehen wir mit unseren schönen Morden und können nichts damit anfangen«, sagte Heinrich Müller, als er die erste Flasche öffnete.

»Langsam, ich habe heute Nachmittag noch Arbeit«, erklärte Spring.

»Den Expérience von Steiner Schernelz wirst du dir doch nicht entgehen lassen, einen Chasselas, der mit einer Hefekultur, welche die Eidgenössische Forschungsanstalt Wädenswil aus einem Wein aus dem Jahr 1895 wiederbelebt hat, ohne Säureabbau erzeugt worden ist.«

Spring griff zum Glas: »Feine Säure, nerviger Wein. Hast du ein geräuchertes Forellenfilet dazu?«

»Dein Wunsch sei mir Befehl«, sagte der Detektiv und machte sich auf zum Kühlschrank.

»Ein bisschen temperieren. Wir sollten noch den Sauvignon Blanc testen. Etwas schwerer und vollmündiger als letztes Jahr, aber auch mit kräftiger Säure.«

»Ein Metalldrehverschluss?«, fragte Spring. »Das ist

neu. Ob der Wein die Säure in dieser Flasche überhaupt abbauen kann?«

»Werden wir in ein bis zwei Jahren sehen. Nimm ein Stück jungen Chilei Alpkäse, dazu passt der kernige Pinot Noir 2009.«

»Bist du unter die Weinhändler gegangen …«, wollte Spring wissen.

»Ehret einheimisches Schaffen.«

»… und der SEBP beigetreten?«

»Ich weiß nicht, ob du hier noch einmal genussverköstigt wirst«, scherzte der Detektiv. Dann hörte er zu, was der Störfahnder vom morgendlichen Geschehen zu berichten hatte.

»Na ja, der Wiederkehr«, sagte Heinrich. »Immer mehr Museen und Bibliotheken und private Sammlungen vermüllen immer mehr Lebensraum. Jeder Bauer erklärt seinen verrosteten Maschinenpark zum Kulturgut.«

»Andere lassen Autos im Wald verrotten und behaupten, dies sei ein ›Friedhof‹ von historischem Wert. Offizielle Abfalldeponien jedoch werden mit großem finanziellen Aufwand saniert. Könnte man einfach ein Schild davor stellen: Kulturgut!«

»Jedem Dorf sein Museum, jeder Talschaft ihren Kulturpark, jeder Familie ihr Archiv: Ahnengalerien Verstorbener, die unser Leben durch ihren Abfall immer noch einengen; Künstler, die öffentlichen Raum zubetonieren; Autoren, die ganze Wälder verschwinden lassen … Bald nehmen Erinnerungen, antiquarische Gegenstände, nicht gelesene Bücher, verstaubte Objekte mehr Raum ein als das zum Leben Notwendige.«

»Du vergisst«, fuhr Spring in seiner Tirade weiter, »dass Archäologen und Ethnologen vom Müll der Zivilisationen leben. Möglicherweise ist genau das alles für unser Leben entscheidend: Gegenstände, die unser Wissen enthalten und zur Erinnerung werden.«

»Jede Nation«, sagte Müller, »die ein kulturelles Gedächtnis besitzt, ist eine glückliche Nation.«

»Das vielleicht nicht, aber zur Identitätsbildung trägt es bei, auch wenn der Müll früherer Generationen in Form von Mythen, Sagen, Märchen und Religionen auf uns niederprasselt.«

»Da könnten die Autoren von Lebensratgebern wie ›Feng Shui gegen das Gerümpel des Alltags‹ einmal ansetzen, und nicht nur an der Oberfläche der Dinge kratzen«, ergänzte Heinrich. »Statt ›Die fünf Tibeter‹ zum Beispiel ›Fünf Schritte, um die Tibeter loszuwerden‹. Natürlich nicht die echten Tibeter, sondern ihre westlichen Kasper, die ganze Straßenzüge mit Fähnchen überziehen und an jedem Ort, an dem sie sich jemals aufgehalten haben, Steinmännchen hinterlassen. Spirituelle Umweltverschmutzung.«

Bernhard erwiderte: »Das sind Dinge, die ihren Sinnzusammenhang nur mit der Person finden, die sie gezeugt hat. Für jeden andern bedeuten sie nichts.«

»Öffentliche Glückskekse.«

»Aber neben dem Sammelwahn, der sich überall breitmacht und von dem man gerade dich nicht freisprechen kann, mein Lieber«, sagte Spring zu seinem Freund, »gibt es auch den gegenteiligen Trend: das Abschöpfen unseres Alltags mit Hilfe von Papierkörben, Mülleimern, Robidogs, Sperrmüllabfuhr und Recyclinghöfen.«

»Der Sammler sucht zu sortieren, zur Seite zu legen«, rechtfertigte sich Heinrich, »wovon er glaubt, dass es nach einer angemessenen Wartefrist zum begehrten Objekt wird.«

»Leider erlebt er es selten. Bis es so weit ist, dominiert es seinen Alltag.«

»Ja, soll man denn alles wegschmeißen?«, entrüstete sich der Detektiv.

»Bringt auch nichts, denn der Mensch kann sich an das Leben vor seinem eigenen nicht erinnern. Sonst wüsste er noch, wie es früher auf der Welt gestunken hat. Louis-Sébastien Mercier schildert es in seinen ›Tableaux de Paris‹ von 1782 bis 1788.« Er griff zu einem Buch, das aufgeschlagen auf dem Tisch lag, und las vor: »Wenn man mich fragt, wie ein Mensch es hier aushält, in diesem dreckigen Schlupfwinkel aller nur denkbaren Laster und Übel, inmitten einer von tausend fauligen Dämpfen vergifteten Luft, zwischen Schlachtereien, Totenäckern, Hospitälern, Abzugsrinnen, Urinbächen, Kothaufen, Färbereien, Lohgerbereien und Lederwerkstätten; umgeben von dem dauernden Rauch unglaublicher Holzmassen und dem Dunst der verbrannten Kohle, von arsenik-, schwefel- und pechhaltigen Teilchen, die laufend aus den Kupfer und Metall verarbeitenden Werkstätten ausgestoßen werden, so würde ich antworten, dass die Gewohnheit uns Pariser mit den feuchten Nebelschwaden ebenso vertraut macht wie mit den schädlichen Dämpfen und dem fauligen Schlamm.«

Müller rief aus: »Das ist es. Etwas Abstand gewinnen. Die Schwachstellen ausloten. Letzthin habe ich einen Artikel gelesen über eine Sicherheitsfirma, die im Auftrag von Unternehmen die Schwachstellen prüft, indem sie eine Wanze in ein Sitzungszimmer schleust. Die Schwachstelle ist immer der Mensch. Eine vollbusige Dame mit großzügigem Décolleté erscheint mit ein paar Mitarbeitern zu Fotoaufnahmen und bückt sich vor den Sicherheitsleuten, ihr sind ein paar Gegenstände zu Boden gefallen. Sofort fokussiert der Mann, und hinter ihrem Rücken kann der Übeltäter ungestört den Betrieb betreten.«

»Natürlich ist der Mensch die Schwachstelle an sich. Er ist es ja auch, der einen Einbruch oder einen Mord begeht. Darauf sind Computer bisher nicht gekommen«, bekräftigte Spring.

»›Der Richter und sein Henker‹. Ich lese das Buch wieder einmal. Du kommst gegen Abend vorbei, und wir besprechen das weitere Vorgehen.«

Punkt 15 Uhr stand Bernhard Spring vor dem Büro von Claude Eckstein, ›Eckstein Trading‹, in einem unscheinbaren Gebäude zwischen Güterbahnhof, Kehrichtverbrennungsanlage und Bremgartenfriedhof. Er klingelte, und unmittelbar darauf öffnete ihm eine lange, schlaksige Gestalt mit überlangen Fingern in dunkelbrauner Cordhose und -jacke, einem Hemd mit offenem Kragen in kleinen braun-weißen Karos und streichholzkurzen grauen Haaren. Er bemerkte kernige Gesichtszüge mit Längsfalten, eine lange Nase, kräftige Brauen, einen schmalen, breiten Mund. Und weit und breit keine Angestellten.

Eckstein führte ihn in ein Hinterzimmer, denn alle andern waren überstellt mit halb geöffneten Kisten und Stapeln von Broschüren. Der Schreibtisch glich einer Müllhalde. Neben ein paar leeren Bierflaschen fanden sich Brotkrumen, eine hart gewordene Käserinde, angetrocknete Kirschkerne, gelbliche Eierschalen, ein paar Pistazien, aus einer vollen Packung herausgefallen, ein aufgerissener Joghurtbecher, in dem ein Löffel steckte und der auf einem aufgeschlagenen Männermagazin stand, neben dem Papierkorb lagen ein paar Pizza-Lieferdienst-Verpackungen, daneben ein Stöckelschuh und ein zu oft getragenes Spitzenunterhöschen. Die dazugehörige Dame schnarchte beinahe vollständig entblößt auf der rapsgelben Chaiselongue und erweckte nicht den Eindruck, dass mit ihr als Dauerbewohnerin dem Chaos Einhalt geboten würde.

»Gehen wir ins Zimmer nebenan«, wies Eckstein ohne weitere Rührung an. »Ich nehme nur die Unterlagen mit, die Sie gewünscht haben.«

Sie setzten sich in einem erweiterten Gang auf ein Paar Stühle.

»Import – Export«, sagte der Störfahnder.

»Alles, was eine Kommission einbringt«, ergänzte Eckstein und lächelte.

»Sieht aber nicht nach überbordender Geschäftstätigkeit aus«, stellte Spring fest.

»Sommerflaute«, erklärte der Mann. »Sie sehen ja, selbst meine Sekretärin hat wenig zu tun.«

Spring deutete auf das Büro.

Eckstein nickte.

»Sekretärin?«

»Klar. Wonach sieht es denn für Sie aus?«

»Nach einer von André Hubers Prostituierten«, antwortete der Polizist.

»Ein Gegengeschäft«, seufzte der Angesprochene. »Man kann sich eben nicht immer auslesen, was man haben will.«

»Ich stelle fest, dass Sie und Herr Huber handelsmäßig miteinander engen Kontakt pflegen. Auch sonst?«

»Nicht mehr so wie vor ein par Jahrzehnten. Aber wir treffen uns regelmäßig«, sagte der Händler. »Und bevor Sie fragen: Wir haben uns auch mit unseren beiden toten Freunden immer wieder mal getroffen und miteinander Geschäfte gemacht. Deshalb sieht es da drin so aus. Ich bin sonst kein dermaßen unordentlicher Mensch. Aber seit diesen zwei Morden bin ich etwas von der Rolle.«

»So ähnlich hat es bereits Huber ausgedrückt«, rekapitulierte Spring. »Irgendeine Ahnung, weshalb dies geschehen ist?«

»Leider nein. Ich würde Ihnen gern helfen, denn ich vermute, dass ich selber ins Visier dieses Wahnsinnigen geraten bin.«

»Wieso das?«

»Ich glaube«, erklärte Eckstein, »ich werde beobachtet. Leider ist es bisher nur ein unbestimmtes Gefühl, zu wenig, um an Sie zu gelangen.«

»Da lobe ich mir Ihre Zurückhaltung, die nicht alle Ihre Parteigenossen kennen.«

Eckstein lachte. »Ich bin doch nur bei diesem Trachtenverein, weil ich von Jugend auf nichts anderes kannte und weil man sich ziemlich einfach Geld zuschieben kann. Was glauben Sie denn, wie in diesem Kanton Aufträge vergeben werden? Wenn Sie keiner der großen Parteien angehören, können Sie Ihr Geschäft schließen. Ich nehme mal an, selbst in Ihrem Business muss man von einer gewissen Position an Mitglied einer wichtigen politischen Gruppierung sein, und zwar einer rechts von der Mitte.«

»Könnte André Huber hinter den Morden stecken?«, fragte Spring, ohne auf Ecksteins Bemerkung einzugehen.

»Bestimmt nicht. Der macht sich doch mit so was seine Geschäfte nicht kaputt. Außerdem hat er zu wenig Fantasie. Eine Wolfsfalle! Ich bitte Sie!«

»Bleiben also vom alten Freundeskreis nur Sie selber.«

»Ja. Da bin ich auch schon drauf gekommen. Und meine geschäftliche Situation«, sagte der Importeur/

Exporteur nach einiger Überlegung, »ist gerade derart miserabel, dass ein paar Milliönchen aus Lebensversicherungen genau richtig kämen. Aber ich war's nicht. Das ist das Einzige, was ich mit Bestimmtheit weiß. Denn zum Zeitpunkt der Todesfälle habe ich mich in Osteuropa aufgehalten … Testkäufe … Sie verstehen.«

»Für Herrn Huber?«

»Für Herrn Huber«, bestätigte Eckstein.

»Es ist einfach, mit einem Idioten zu weinen. Aber mit ihm zu lachen, ist unmöglich.«

»Wer sagt das?«, fragte Heinrich Müller.

»San-Antonio in einem seiner beinahe 200 Romane«, erläuterte Spring. »Passt genau auf meine beiden Gespräche mit Huber und Eckstein.«

»Und? War es einer von den beiden?«

»Eher nicht. Zu heterogen«, schätzte Spring die Viererbande ein. »Die haben sich gegenseitig Geschäfte zugespielt und gut damit verdient. Da gibt es kein sichtbares Motiv.«

»Und dennoch müssen die Taten im Umfeld der vier angesiedelt sein«, erklärte Müller.

»Und höchstwahrscheinlich auch mit ihren teilweise undurchsichtigen Geschäften zu tun haben. Vielleicht auch mit der SEBP, denn da gibt es Moralisten, die würden den Lebensstil der vier niemals gutheißen.«

»Das allein reicht aber noch nicht. Es muss eine persönliche Verletzung dahinter stecken.«

»Wir drehen uns im Kreis«, seufzte der Störfahnder.

»Hör zu, was ich aus dem Dürrenmatt herausgelesen habe: Eine Wette.«

»Es geht um eine Wette?«

»Jedenfalls in ›Der Richter und sein Henker‹. Kommissär Bärlach hat mit seinem Widersacher Gastmann in ihrer früheren Zeit in Istanbul eine Wette abgeschlossen. Gastmann behauptet, die Verworrenheit der menschlichen Beziehungen mache Verbrechen möglich, die unmöglich zu entdecken seien. Er versteigt sich in die Behauptung, die meisten Verbrechen seien ›nicht nur ungeahndet, sondern auch ungeahnt‹. Im Rückblick, als Gastmann auf Bärlach in dessen Wohnung im Altenberg wartet, erklärt er: ›Ich hielt die kühne Wette, in deiner Gegenwart ein Verbrechen zu begehen, ohne dass du imstande sein würdest, mir dieses Verbrechen beweisen zu können.‹«

»Was lernen wir daraus für unseren Fall?«, fragte Spring.

»Na ja, das erste Opfer bei Dürrenmatt fand sich oberhalb von Twann auf der Straße nach Lamboing, wo es links in den Wald hineingeht und rechts hinauf nach Gaicht. Außerdem ist nach den windigen Aussagen der Frau Nationalrätin der Wagen, der sie verfolgt hat, zum Altenberg runtergefahren.«

»Nicht ernst zu nehmen«, erklärte Spring. »Und Neuchâtel?«

»Das ehemalige Wohnhaus von Friedrich Dürrenmatt

wirkt als Wegweiser, sozusagen als Rätsel über seinen Roman zum Opfer und zum Täter.«

»Na ja«, Spring wirkte nicht überzeugt. »Der Gedanke mit der Wette gefällt mir. Allerdings wären in unsere Wette mehrere Personen verwickelt, was die Abläufe kompliziert.«

»Rutsch ein bisschen zur Seite«, sagte Müller und zwängte sich zwischen den Tisch und die Wand. »Schönheit braucht Platz!«

Dann stellte er eine Platte mit Trockenfleisch, Fingergemüse und einem mächtigen Käsestück auf den Tisch. »Der erste neue Alpkäse. Ab Mitte August darf man ihn anschneiden. Würzig und mild zugleich, ein traumhafter Begleiter für den Humagne Rouge aus dem Barrique, der dir den Gaumen ausfüllen wird mit seinem kraftvollen, männlichen Aroma.«

MITTWOCH, 11.8.2010

Leonie Kaltenrieder hatte eingeladen zum Sommerfest. Es drängten sich viele Menschen um die Bar, schon früh war die Pergola besetzt, aber nach dem ersten Ansturm der Badenden waren einige bereits zum Grillen nach Hause gegangen, denn es gab hier nur Häppchen, vom Feinsten zwar, aber den Karnivoren nicht gut genug.

Je ausgewählter die Gäste, desto besser der Wein, dachte die Barista und öffnete einige Flaschen Grünen Veltliner Ott Fass Nr. 4 von Bernhard Ott aus dem niederösterreichischen Wagram, »ein vielschichtiger Wein mit fantastischem Trinkfluss«, wie ihn sein Erzeuger benennt. Zitronengelb mit leichten Grüntönen liegt der Wein im Glas, betört mit dem Geruch von Zitrusfrüchten die Nase, überzeugt vollmundig mit Zitronen- und Grapefruitgeschmack und zeigt im Abgang die feinnervige Säure, die notwendig ist, um mit dem Salzgebäck fertigzuwerden.

Heinrich zeigte sich vollkommen zufrieden, wenn da nicht diese Band gewesen wäre, die aus der neuen Jukebox plärrte, welche Leonie einem fahrenden Händler abgekauft hatte. Es war ein etwas größeres Abspielgerät, in das jeder seine eigenen CDs einlegen konnte. Laut ertönten die ersten Takte eines neuen Songs, dessen Text so voraussehbar war wie alle anderen: Mann-Wesen trifft Frau-Wesen am Palmenstrand, während am Horizont eine grellrote Sonne explodiert. Wahlweise konnte man auch mit einem Vollmondblick aus dem Salzwasserbad rechnen. Die Menschen, die immer die Arme hochstrecken, wenn einer eine Welle ankündigt, jubelten dem neuen Lied zu, als ob sie sich köstlich amüsierten.

»Verzweifelte Pornografie«, sagte Leonie und schüttelte die Haare in Headbanger-Manier.

»Terror-Schunkeln«, erwiderte Heinrich, dem noch keiner den tieferen Sinn deutscher Bierzeltkultur hatte erklären können.

»Wenn ich was getrunken hab'«, seufzte Leonie beglückt, »zieh ich mir was Luftiges an und hüpfe halb nackt die Straße hinunter.«

»Bleib bei uns«, bat Heinrich.

»Lasst uns mal ran«, erklärten Melinda, Phoebe und Gwendolin, die aus dem Nichts aufgetaucht waren.

Sofort wurde die Atmosphäre zickig und nervig und ruppig, aber wunderbar frech und frisch, als sie in den CD-Player einlasen, was sie downgeloadet hatten: ›Mama Rosin‹ mit ihrem schrägen Delta-Blues und Cajun, die ›Detroit Cobras‹ mit Trash'n'Roll, die Bern-Berliner Zirkuspunks ›Bonaparte‹, die norwegische Frauenband Katzenjammer sowie ›The Bastard Fairies‹ mit ihrem Comedy-Punk-Pop mischten ›Bauch & Kopf‹ für die nächsten Stunden auf. Kein Wunder, entwickelten sich die folgenden Dialoge:

»Mindestens die Hälfte, wenn nicht sogar 80 Prozent des menschlichen Lebens ist virtuell«, erläuterte Heinrich

Müller, »besteht aus Vorstellungskraft, aus Lug und Trug. Wenn wir nur schon überlegen, womit wir unsere Freizeit bestreiten: Filme, Bücher, Musik, Spiele, alles imaginäre Welten, die jemand erfunden hat und die wir in unser eigenes Leben übernehmen.«*

Nicole Himmel konterte: »Soll mir keiner sagen, das seien allein menschliche Eigenschaften. Katzen beispielsweise spielen mit Gegenständen, die sie selber finden (welke Blätter) oder die ihnen ihre Dosenöffner hinhalten (Schnüre), in diesem Fall ein gegenseitiges Sich-Unterhalten und Unterhalten-Werden.«

»Wenn wir aus der Freizeit auf den Alltag zurückblicken, stellen wir leicht fest, dass wir geneigt sind, unsere Erfahrungen aus der virtuellen Welt zu übertragen. Man will erleben, was Film- und andere Helden bereits vorgeführt haben. Man möchte das schnelle Auto ohne Geschwindigkeitsbeschränkung ausfahren, man will auf die Trauminsel in den Urlaub fliegen, man zielt mit der Pistole auf Menschen, man lässt sich zu neuen Ideen beim Sex anregen, man glaubt an die romantische Liebe zum idealen Partner, an das ewige Idyll. Dass sich wenig davon ins reale Leben umsetzen lässt, besagt noch gar nichts, denn die Hoffnung besteht, dem wunderbaren Erlebnis so nah wie möglich zu kommen, es vielleicht doch in naher Zukunft zu erhaschen.«

---

* Nur schon die literarische Figur, die diese Umstände analysiert und damit vorgibt, die Wahrheit zu kennen: alles Fantasie! Selbst wenn sie etwas ausgesprochen hat, was einer von Leserinnen und Lesern erkannten Wahrheit nahe zu kommen scheint. Es ist erfunden. Aber möglicherweise hat die Figur recht.

»So wird uns beständig etwas vorgelogen«, fuhr wiederum Nicole weiter, »Illusionen werden geweckt und aufrechterhalten. Die Werbung lebt davon, die Unterhaltungsindustrie, die Politik und die Religionen, die überhaupt die größten Illusionisten sind, da es ihnen gelungen ist, uns ein zweites Leben vorzugaukeln und die Erfüllung aller Hoffnungen dorthinaus zu beamen. Enttäuscht jemand unsere Erwartungen der Rundumbetreuung in einer Welt des Glücks und der Verheißungen, lassen wir ihn fallen wie eine heiße Kartoffel. Wer unsere Sehnsüchte bedient, kann damit reich werden. Heilsbringer jeder Art, Esoteriker, religiöse und politische Führer, Schauspieler, Sportler, manchmal sogar Krimiautoren.«

Jetzt hatten sich die beiden in Fahrt geredet. »In einigen Fällen allerdings führt die Illusion zum Tod, nämlich dann, wenn die virtuelle Welt die wirkliche überdeckt, wenn zu viele Hoffnungen verletzt worden sind und man den Verursacher zu kennen glaubt.«

Spring griff ein: »Wenn man Wolfsfallen baut und Menschen an literarischen Orten, also in Geburtshäusern von virtuellen Welten, erschießt.«

»Eine Flasche Château Pisse-en-lit«, schrie einer, ein anderer: »Ein Glas Acid Ridge aus dem Water Valley«, und ein dritter wollte einen Halben »Kratzberger Klosterbuam«.

Leonie aber ließ sich nicht beirren und tischte ein paar Flaschen Château Labégorce 1996 aus dem Margaux auf, Purpur im Glas, mit minimem Ansatz zu Brauntönen am

Rand, der dunkel nach Kellern voller schwarzer Beeren roch, mit rundem und vollem Geschmack und schweren Aromen von Cassis und Leder.

Jemand bat Nicole, den Briefkasten zu öffnen, in den die Gäste jeweils Zettel mit bemerkenswerten Namen und Berufen warfen, und einige davon vorzulesen. Sie folgte der Bitte, erklärte dann aber: »In letzter Zeit kriege ich Dutzende von tollen Vorschlägen, aber inzwischen gibt es Listen dafür im Internet, und die meisten werden dort abgeschrieben. Der Reiz ist also etwas verloren gegangen. Wir lassen es für heute. Ich lese euch dafür vor, was Isabel Allende zu geschlossenen Denksystemen zu sagen hat, nachdem sie als Journalistin eine Reportage über die Wirksamkeit der Schwarzen Magie in Venezuela geschrieben hatte: ›Die Personen, die sich als Zielscheiben von Voodoo-Riten fühlten, fingen an, irre zu reden und grässliche Körperflüssigkeiten abzusondern, ihnen wuchsen Beulen am Hals, und die Haare gingen ihnen aus; die andern dagegen, die in seliger Ahnungslosigkeit verblieben, lebten glücklich wie zuvor.‹* «

»Man muss sich also innerhalb eines bestimmten Systems bewegen, um von den Phänomenen betroffen zu sein?«, wollte Spring wissen.

»Nicht ausschließlich«, erklärte Nicole. »Das System ist nicht in sich genügsam, es besitzt durchaus das Potenzial zum Wandel, sonst gäbe es die Katholische Kirche längst nicht mehr. Außerdem tauschen sich Systeme aus,

* Isabel Allende: Vorwort zu ›Aphrodite. Eine Feier der Sinne‹

sowohl was ihre Theorien betrifft als auch in ihren Subjekten, denn ein Mensch gehört normalerweise mehreren Systemen gleichzeitig an.«

»Weshalb aber betrifft denn der Voodoo-Ritus nur systemkonforme Personen?«

»Weil es dort um eine Wechselwirkung geht, zu der alle Beteiligten ihren Beitrag leisten müssen, das heißt Maßnahmen sind gegenüber einem unbeteiligten Objekt nicht wirksam. Wenn mich zum Beispiel der Papst exkommuniziert, geht mir das als Atheistin am Arsch vorbei.«

»Füdli«, meinte Leonie. »Man sagt Füdli, nicht Arsch.«

»Verklemmte Tante«, flüsterte Phoebe.

»Nicht verklemmt, in ihrem System gefangen«, sagte Melinda.

»Es muss aber doch ein paar dauerhafte Elemente geben, die eine Gesellschaft zusammenhalten«, meinte der Störfahnder.

»›Es muss … geben‹, sagt Paul Feyerabend, ›ist eine Ausrede für Leute, die keine Argumente haben‹«, zitierte Nicole Himmel.

»Wir sollten also das System erkennen, in dem sich Täter und Opfer bewegen und das sie alle anerkennen«, folgerte Spring.

»Wenn es existiert, wäre es bestimmt hilfreich, möglicherweise würde es bereits eine Erklärung liefern«, antwortete Nicole.

»Der Täter nimmt also einen bestimmten Standpunkt ein?«

»Ja.«

»Und er glaubt«, schloss Bernhard, »dass sein Standpunkt moralischer ist als derjenige seiner Opfer?«

»Wahrscheinlich.«

»Wie kommt er zu dieser Ansicht?«, fragte Müller.

»Wohl durch eine Verletzung seiner Prinzipien, an der seine Opfer beteiligt waren oder immer noch sind«, erklärte Nicole.

Spring sagte: »Es geht also um Rache?«

»Es geht eher um das Zurechtrücken des Systems, das durch irgendwelche Handlungen gestört worden ist.«

»Nicht um Gut und Böse?«, wollte Müller wissen.

Nicole entgegnete: »Das wäre zu kurz gegriffen. Wenn ›gut‹ und ›böse‹ klare Kategorien wären, könnte man die Täter anzeigen und sie von der Justiz aburteilen lassen.«

»Es liegen also keine klaren Verbrechen vor«, erwiderte der Störfahnder.

»Nicht im Sinne des Gesetzes, sondern im Wertesystem dessen, der sich als Opfer fühlt und deswegen zum Täter wird.«

Spring überlegte: »Und wenn wir dieses Wertesystem teilen und das, was ihm widerfahren ist, auch als Ungerechtigkeit ansehen?«

»Es dürfte schwierig werden«, sagte Müller, »Werte zu teilen, die das Ermorden von Menschen ermöglichen.«

»Und es würde dem Täter immer noch nicht erlauben,

mit einer noch größeren Ungerechtigkeit darauf zu antworten, und der Tod eines Menschen ist wohl die größte Ungerechtigkeit überhaupt. Deshalb weiß er, dass er von uns kein Mitleid zu erwarten hat.«

»Egal, welcher Verbrechen er sich schuldig gemacht hat?«, fragte Spring nach.

»Egal«, bestätigte Nicole. »Außerdem ist uns in diesem Zusammenhang kein Verbrechen bekannt, das eine so extreme Handlungsweise auslösen würde. Das Wertesystem des Täters muss ziemlich durcheinandergeraten sein.«

»Mein Wertesystem ist bereits am Auseinanderfallen«, deklarierte Gwendolin, »wenn es nicht bald ein paar Kohlehydrate, etwas Alkohol und eine Rauchpause kriegt.«

»Mädels, wo bleibt denn der Gesundheitswahn?«, scherzte Leonie.

»Kein Witz«, moserte Gwendolin. »Gesundheit war gestern.«

»Wenn man's bis 20 nicht geschafft hat, bleibt eh keine Hoffnung«, seufzte Phoebe.

»Ja, dann …«, sagte Heinrich.

»Halt! Zwei Jahre hab ich noch.«

»Nachher«, erklärte Melinda, »brauchst du einen, der in deinem System lebt und sich nur auf dich orientiert. Hast du doch eben gehört. Sonst klappt's nicht.«

»Eine Zweierbeziehung?«, fragte Gwendolin entsetzt.

FREITAG, 13.8.2010

»Sie werden kaum mit mir über meine Weltsicht debattieren wollen«, begann das vierte Schreiben, das Bernhard Spring auf seinem Schreibtisch vorfand. »Da ich aber ein beträchtliches Risiko eingehe, indem ich Ihnen überhaupt schreibe, müssen Sie mich wohl oder übel anhören. Ich kann vermeiden, dass es Fingerabdrücke auf dem Papier gibt, ich verwende selbstklebende Couverts und ebensolche Briefmarken, und ich hoffe durchaus, dass Sie noch nicht im Besitz der neuesten kriminalistischen Technik sind, nämlich des bakteriellen Fingerabdrucks. Dafür müssten Sie zwar erst einen Vergleich mit meinen Händen machen, aber ich kann nicht ausschließen, dass Sie in irgendeiner Großfahndung auch auf meine Person aufmerksam werden. Gut, es gibt noch einzelne Probleme mit dem neuen Verfahren, aber wenn es nicht nötig ist, behalte ich die Bakterien lieber für mich selbst. Ich glaube aber, dass auch die Bakterien lieber unter sich bleiben, denn immerhin sind sie der mächtigste lebende Organismus überhaupt, sie bedecken die Erde mit einem Gewicht, das demjenigen von allen anderen Lebewesen zusammengenommen entspricht. Also sind die Bakterien die Herrscher der Erde. Und das ist gut so, denn Menschen wie Hubert Welsch und Henri Knecht haben es nicht anders verdient, als von den Bakterien ihrer Erde aufgelöst zu werden. Es waren zwei schlechte Menschen, und so es mir gefällt, werden andere schlechte Menschen wie sie gerichtet werden. Der Staat hat die Gerechtigkeit aus der Hand gegeben, himmlische Rache ist nicht zu befürchten. Wer also sollte in diesen Fällen für die Ehre der Menschheit kämpfen, wenn nicht einsame Helden wie ich selbst?

Das war nun ein bisschen Ironie, das haben Sie hoffentlich bemerkt. Denn natürlich bin ich kein Held. Helden machen Fehler, weil sie auf sich aufmerksam machen. Ich koste meinen Triumph ganz still in meinem Kämmerlein aus. Ich lese ein gefälliges Buch, schaue mir einen beruhigenden Film an und denke daran, dass meine Gerechtigkeit gesiegt hat. Sie sehen, dass ich nach wie vor zwischen meiner Gerechtigkeit und derjenigen der Öffentlichkeit unterscheiden kann, auch wenn ich am Anfang nicht den Anschein erweckt habe. Haben Sie die Wolfsfalle inzwischen analysiert? Und den Dürrenmatt gelesen? Ihre Schlüsse gezogen? Wie könnte die nächste Tötung ablaufen? Welche Instrumente werde ich verwenden? Wo wird sie stattfinden? Und wer wird das Opfer sein?«

Spring blieb ratlos zurück.

»Unser Täter hat ein enormes Mitteilungsbedürfnis«, erklärte er Heinrich Müller am Telefon. »Aber ich kriege den Sinn seiner Texte nicht richtig zu fassen. Er scheint sich zwar über uns lustig zu machen. Aber das wäre nicht nötig, ohne sich zugleich der Gefahr auszusetzen.«

»Glaubst du wirklich, dass er wieder zuschlagen wird?«

»Frag mich etwas Leichteres«, sagte Spring. »Er deutet es an. Gleichzeitig habe ich den Eindruck, dass er mit uns ein Spiel treibt. Er tippt nur weniges an, das uns in den beiden ersten Fällen helfen könnte, schwadroniert dann aber über Gerechtigkeit und stellt nicht beantwortbare Fragen.«

»Wir sollten ihn aus der Reserve locken«, meinte Müller. »Ich überleg' mir was.«

Heinrich trat in die Pedalen, denn er hatte beschlossen, seinen Bewegungsdrang mit Rad fahren unter Kontrolle zu halten wie weiland Jochen Senf als Kommissar Palü im Tatort Saarbrücken. Gleichzeitig lüftete er so sein Gehirn. Vor ihm fuhr eine junge Frau. Ihre langen Beine bewegten sich rhythmisch. Genau die richtige Geschwindigkeit für die nächsten zwei Stunden, dachte Heinrich und bewunderte den schmalen Streifen Haut zwischen den Jeans und einem engen Trägershirt, über das die wilden, noch feuchten dunklen Haare bis in die Mitte des steifen Rückens wehten. Der Duft frischen Shampoos befeuchtete seine Lunge. Das Ergebnis einer beglückenden Liebesnacht.

Müllers Gedanken schweiften ab in die Zeit seiner Jugend Anfang der 70er-Jahre. Gab es noch Strümpfe mit Fallmaschen, Schweißhemden aus Nylon, Augenschmerzmöbel aus dem Warenlager, Meccano-Spielzeug und rosa Häschenpantoffeln? Tiki Brauseschaumtabletten hatte man für Nostalgiker wieder auf den Markt geworfen, genau so wie Vivi-Kola. Wann kam die Renaissance von verkehrt herum getragenen Lammfellmänteln und Flokatiteppichen in grellen Farben?

Nicole brütete derweilen über Sekundärliteratur zum Schweizer Krimi. Sie begriff sehr wohl, dass es eine gewisse Zeit brauchte, bis man eine These formuliert hatte, die man dann ausarbeiten und die häufig auch noch im universitären Rahmen akzeptiert werden musste. Deswegen konnte man wohl kaum stets mit den neusten Krimis arbeiten, über deren literarische Qualität möglicherweise noch keine Einigkeit herrschte. Aber musste es immer die Liste Loosli, Glauser, Dürrenmatt sein, ergänzt vielleicht mit einem einzigen neueren Beispiel? Das alles lag nun mehr als ein halbes Jahrhundert zurück. Kannten denn diese Germanisten nichts anderes, oder waren sie zu faul zum Lesen?

Immerhin gab es da Brigitte Frizzoni mit ihren ›Verhandlungen mit Mordsfrauen‹, eine Studie über »Geschlechterpositionen im ›Frauenkrimi‹«, mit sehr kompliziertem wissenschaftlichem Einstieg, der wohl die Legitimität der Untersuchung dokumentieren sollte. Aber auch hier referierte die Autorin zu sehr auf die Anfänge des Durchbruchs der weiblichen Krimihelden. Deswegen vermisste Nicole ihren Liebling von der Knochenbrecher AG: Kathy Reichs mit Temperance Brennan, wobei sie fand, dass der Gegensatz zwischen den

Figuren erst in der TV-Serie zum Tragen kam: hier der ewig verliebte, konservative, gläubige FBI-Agent Seeley Booth, da die herrlich anarchistisch-atheistisch-autistische ›Bones‹. In dieser Art, wenn auch zu einer anderen Zeit, hatte doch auch Heinrich Gretler 1939 erst im Film von Leopold Lindtberg der Figur des Wachtmeisters Studer von Friedrich Glauser zum Durchbruch verholfen. Manchmal konnte eine Verfilmung doch einiges zur Klärung einer literarischen Konzeption beitragen.

Dann griff Nicole zu ein paar neuen Krimis. Sie war einem der Verlage äußerst dankbar, dass er ›Lesezeichen‹ auf den Kartonstreifen geschrieben hatte, der dem Buch beilag. Sie hätte ihn für sonst was missbraucht! Mit der Lektüre wollte sie über die Langeweile hinweglesen, aber es war bereits Ersatzlangeweile da.

Schließlich überlegte sie, was sie über die Trinkgewohnheiten von Detektiven aus der Erinnerung kramen konnte. Georges Simenons Commissaire Jules Maigret trank regelmäßig ein Glas Bier, genau wie der Mann, dem er zum Vorbild wurde, nämlich Wachtmeister Studer. Da sie kein Bier im Haus hatte, wollte sie keinen dieser Romane lesen. Also griff sie zu einem Whisky – einem Glenmorangie Quinta Ruban, der in einem Portweinfass gereift war –, um sich auf die Lektüre von Raymond Chandler gebührend vorzubereiten. Da bestellte doch dieser Philip Marlowe einen Bacardi-Cocktail! Sie fühlte sich betrogen. Denn zum Lesen eines tollen Krimis gehörte das Getränk, das die Hauptfigur bevorzugte. Joshua Croft bei Walter

Satterthwait gab das genaueste Rezept: »Jack Daniel's mit Eis und ein Glas Wasser.« Mo Hayders Detective Inspector Jack Caffery trank Glenmorangie (war sie deshalb auf diesen Single Malt gestoßen?). Paul Brenner von Anne Chaplet endlich bevorzugte einen Rheingauer Riesling, am liebsten von Breuer. Leider aber war dieses Getränk im ›Bauch & Kopf‹ nicht vorrätig, man hatte gar noch nie etwas davon gehört. Heinrich Müller allerdings mochte Absinthe, und davon stand eine Flasche an der Bar. Sie schenkte sich ein großzügiges Glas La Clandestine ein, goss Eiswasser nach und stieg wieder in ihre Wohnung zur weiteren Lektüre hoch.

Sie besaß fein geschwungene dunkle Lippen in einem verschmierten Ton zwischen Kirschrot und Preiselbeersaft. Aus dunklen, fast schwarzen Augen schaute sie ihn an, schüttelte ihre zusammengebundenen schwarzen Haare. Aus ihrem Gesicht strahlte ein unsicheres Lächeln. Heinrich Müller hätte sich am liebsten sofort in sie verliebt und viel gegeben für einen Kuss von diesen Lippen.

Leider lautete sein Auftrag, ein Inserat aufzugeben, und nicht, mit einer schönen Dame zu flirten. Als Detektiv wusste er, was er zu tun hatte. Als Mann war er sich da nicht ganz sicher. Aber er schaffte es, die gefährlichen Klippen zu umsegeln. Die Odyssee war ein Klacks dagegen.

Der Text des Inserates lautete: »Wir nehmen die Wette an. Dic Wolfsfalle war ein künstlerischer Beginn. Der Tod auf der Terrasse etwas undurchsichtig. Und über den Preis sollten wir uns noch einigen. Geben Sie uns Ihren Einsatz bekannt und schreiben Sie uns, wo das nächste Treffen stattfindet. Wir können es nämlich nicht ausstehen, wenn wir es mit unordentlichen Menschen zu tun haben, die nicht wissen, wo sie ihre Schlüssel hingelegt haben und deswegen einen Auftrag verhauen. Schicken Sie uns eine Ihrer Trophäen als Beweis, dass Sie es ernst meinen.«

SONNTAG, 15.8.2010

Wenn die Katze Gras frisst, gibt es schlechtes Wetter.

Putzt sich die Katze, so kann mit Besuch gerechnet werden.

Fährt sie sich mit den Pfoten über die Ohren, handelt es sich bei diesem Besuch um einen angenehmen Gast.

Keine Bauernregel aber sagte, was geschehen würde, wenn man eine mumifizierte Katze findet. Und schon gar nicht, wenn es drei davon sind.

Denn genau das geschah an diesem Sonntagmorgen in Twann. Ein süßer, schimmlig-modriger Geruch schwerer Erde und feuchter, lang getragener Wollkleidung mischte sich mit den Vorstellungen, die man sich von einer Wasserleiche macht, aufschwärmende Fliegen, der Gestank fauligen Strohs.

Man muss allerdings sagen, dass die Katzen, deren Fellfarbe man nicht genau rekonstruieren konnte, nicht besonders gut mumifiziert waren. Um genau zu sein, lagen sie unter einem schmalen Erdhügel und waren bloß deshalb noch nicht verwest, weil dieser mit einem Schiffssegel zugedeckt war, das die Sauerstoffzufuhr einschränkte.

Der Tierarzt, der auf Geheiß des Twanner Dorfpolizisten Christian Blöchlinger vom Berner Tierspital herbestellt worden war, rümpfte die Nase und sagte: »Was soll ich mit drei toten Katzen? Wird irgendwer illegal entsorgt haben, weil er ihrer überdrüssig geworden ist. Man erlebt einiges, wenn es um Menschen und Tiere geht.«

Blöchlinger aber ließ gar nichts mehr anbrennen. Lieber holte er einen Spezialisten zu viel, als sich mit irgendwelchen Vorwürfen konfrontiert zu sehen. Also machte sich der Arzt an diesem milden Tag, an dem die Wolken über den Himmel zogen, ohne allzu viel Wasser herunterregnen zu lassen, an seine Arbeit.

»Interessante Tötungsart«, stellte er fest. »Man würde meinen, ein Jack the Ripper für Tiere, schlitzt die Bäuche auf, lässt sie verbluten.«

Blöchlinger gab sich Mühe, das Frühstück bei sich zu behalten. Er fragte: »Wie lang ist das her?«

»Bei diesem Zustand?«, rätselte der Tierarzt. »Ein paar Tage bis höchstens zwei Wochen. Ist es wichtig?«

»Und was meinten Sie mit ›Jack the Ripper‹?«

»Sie kennen doch den Prostituiertenmörder, London 1888.«

»Dann ist es wichtig«, meinte Blöchlinger und griff zum Telefon, um Bernhard Spring und Heinrich Müller zu benachrichtigen. Er hatte das gute Gefühl, das Richtige getan zu haben.

Die beiden hatten sich den Sonntag etwas anders vorgestellt, aber es mochte der ganzen Geschichte neuen Schwung geben, deshalb ließen sie sich nicht bitten und fuhren so schnell wie möglich an den Bielersee.

Der Twanner Polizist lud die beiden Berner zu sich

nach Hause ein, er habe noch einen Tropfen, der die Angelegenheit etwas erträglicher mache.

Es war nicht so, dass die Wohnung Heinrich Müller gefallen hätte. Zu viel unnützer Krempel überall, Gegenstände, die besser zu einem Trödler gepasst hätten als zum Dorfpolizisten. Ein schäbiger hellbrauner Sessel mit abgewetztem Bezug nahm die Ecke vor der olivgrün gestrichenen Wand ein. Daneben lehnte eine schwarze Gitarre ohne Saiten. Ein Relikt aus der Jugend. An einem Holzbügel hinter einer Ständerlampe aus den 50er-Jahren hing ein helles T-Shirt mit zwei Köpfen auf der Brust, wohl selbst gezeichnet.

Ein niedriges Fenster, viermal so breit wie hoch, ließ im oberen Drittel des Raumes wenig Licht ein, verhinderte jedoch unschickliche Blicke von außen, eine Gefahr, die nicht sehr groß war, denn die Dorfgasse lag deutlich tiefer. Darunter stand eine Sammlung großformatiger Filmplakate in schwarzen Holzrahmen, hintereinander gestapelt.

»Mein Hobby«, sagte Blöchlinger stolz.

In der Mitte des Zimmers ein tief gelegter Resopaltisch mit mehr als einem Meter Durchmesser, der als Abstellfläche für weiteren Müll verwendet wurde: leere Bierflaschen, angeschlagene Kaffeetassen, alte Zeitschriften. Daneben stand nun der kurzhaarige Mann mit Geheimratsecken breitbeinig in seinem blau-weiß karierten Holzfällerhemd und beeilte sich, dem Abfall auf dem Tisch neues Material hinzuzufügen, nachdem er den letzten Schluck aus einem beschlagenen Weinglas getrunken hatte.

»Üble Sache«, kommentierte der Dorfpolizist die Digitalfotos von den Katzen auf seinem Laptop. »Und den Geruch erspare ich Ihnen gern. Haben wir es nun mit einem Tierfetischisten zu tun? Erst die Wölfe, nun die Katzen? Was kommt als Nächstes?«

»Sie ordnen diese Tat unserem Menschenmörder zu?«, fragte der Störfahnder.

»Nun«, antwortete Blöchlinger, »in jeder Fortbildung erfährt man heute, dass Serienmörder stets mit kleinen Delikten beginnen: Tierquälerei, Ladendiebstahl, Entreißdiebstahl und solche Sachen. Da wäre es doch möglich …«

»Unser Täter hat in diesem Fall aber zuerst zwei Menschen umgebracht, bevor er sich an den Katzen vergriffen hätte.«

»Das schon«, sagte der Polizist, »aber vielleicht stehen die Katzen in einem größeren Zusammenhang und sollen einen Hinweis geben auf eine Tat, die wir noch nicht aufgedeckt haben?«

»Weitere Spuren haben Sie nicht gefunden?«, fasste Spring nach.

»Nein. Die Katzen lagen in einem öffentlich zugänglichen Gelände am See, das Segel war von einem benachbarten Schiff entwendet worden, außerdem hat es ein paarmal kräftig geregnet und damit alle Spuren verwischt, und an den Katzen selbst …« Es wurde ihm wieder leicht übel, sodass er rasch einen neuen Schluck Weißen brauchte. Er entschuldigte sich und erzählte eine Geschichte: »1862 hob der Kanton Zürich das weinselige Kloster Rheinau auf, übernahm den Weinvertrieb selber und gründete im ehemaligen Barfüßer beim Obergericht die Staatskellerei – gleich neben dem Armenspital, in dem der Zürcher Wein auch als Desinfektionsmittel und zum Leichenwaschen gebraucht wurde. Bier und Milch verdarben schnell, Wasser war stets keimverseucht. Der Wein war das hygienischste Getränk. Das Franziskanerkloster hatten sich die weltlichen Stadtherren schon nach der Reformation unter den Nagel gerissen. Die Gründungsakte der neuen Staatskellerei unterschrieb der Staatsschreiber und Dichter Gottfried Keller, der einem Glas zu viel selbst nicht abgeneigt war.«

»Ich schau mich noch ein wenig im Ort um«, verkündete Heinrich, »heute Nachmittag soll im Restaurant ›Zwietracht‹ ein Theaterstück gegeben werden.«

Die Kneipe hatte ein gemütliches Säli, wenn einen militärische Effekte nicht störten. Heinrich saß unter einer Hellebarde, an der noch das Blut eines Burgunders klebte. Und der Wirt, der mit zackigen Schritten den Raum betrat, fragte schroff nach seinem Begehr.

Zwei erwartungsvolle Augenpaare scannten den Raum und blieben auf ihm hängen.

»Ich bin nicht der, den ihr sucht«, sagte der Detektiv, als sich die beiden Damen zu ihm setzten.

»Das wissen wir noch nicht«, sagte die eine.

»Das wird sich herausstellen«, die andere.

Es war eine Krimikomödie von Paul Lascaux angekündigt mit dem Titel ›Tabea Mondschein‹, was auf gar nichts schließen ließ.

»Geheimnisvoll«, seufzte die jüngere der beiden Damen.

»Abwarten«, brummte der Detektiv.

Die Hauptperson war aber Lisi, ein schlank und üppig gewachsenes Mädchen, strotzend von Gesundheit, mit schönen roten Backen und kräftigen Armen, weißen Zähnen und heitern Augen, aus denen Lustigkeit und Sinnlichkeit glänzten. Es war ein wahres Modell eines natürlich fröhlichen, gesunden Landmädchens, solange es nüchtern war; später aber brannte eine Sinnlichkeit, die unbändig, aber doch nicht wüst ward.

Es fing unterhaltsam an, die Laienschauspieler gaben ihr Bestes, die Kostüme waren gut gewählt und passten zum Retro-Stil, der das Stück in die 30-Jahre des vorigen Jahrhunderts zurückbeamte.

»Als der liebe Gott Fräulein Berkessel erschuf, hat er vergessen, an ihrem linken Auge das Lid zu heben«, sagte eine der beiden Hauptdarstellerinnen, die Heinrich gerne genauer voneinander unterschieden hätte, aber er nutzte die Zeit und die Gelegenheit, die doch zahlreich anwesende Einwohnerschaft einer genaueren Musterung zu unterziehen.

Es ging um eine drittklassige Schauspielerin, die sich zu Höherem berufen fühlte und sich unter nicht genau geklärten Umständen von Gaunern einwickeln ließ, die sie in einem Schrebergarten versteckt hielten, bis die Hebamme Lichtweiß mit dem Karabiner auftauchte, um ein paar Spatzen zu erschießen, »die Ratten der Lüfte«, wie sie es ausdrückte. Da erschrak auch Müller, denn das Gewehr hatte einen derartigen Krach gemacht, dass jede Konzentration verloren gegangen war.

Es war jedoch ein Doppelschlag gewesen, und so viele Spatzen gab es nun auch nicht zu erschießen. Draußen hatte sich der Himmel blauschwarz verfärbt, und ein weit entferntes Wetterleuchten näherte sich rasend schnell dem Dorf am Nordufer des Sees. Bald goss es wie aus Kübeln, dann setzte ein kräftiger Hagel ein, der einen verheerenden Zug durch die Rebberge nahm.

Alles stürzte zu den Fenstern, keine Chance, das Theaterstück zu einem geordneten Ende zu bringen. Jeder hoffte darauf, dass seine Reben verschont würden.

Als der Spuk, der keine zehn Minuten gedauert hatte, zu Ende war und sich der Himmel ebenso rasend schnell wieder aufklarte, hielt es keinen auf den Sitzen. Alle eilten aus der ›Zwietracht‹ auf die Straße und suchten ihre Reben nach Schäden ab. Wie durch ein Wunder waren die neu gebauten Terrassen heil geblieben. Ein Sturzbach ergoss sich aus dem mittleren Weinberg, aber es war niemand da, um den Schaden zu beklagen.

»Wem gehören diese Reben?«, wandte sich der Detektiv an den Nächststehenden und zeigte auf die schmale Schneise, die der Hagelzug offenbar verwüstet hatte.

»Vor der Rebgüterzusammenlegung«, fing der ältere Mann einen ausführlichen historischen Exkurs an, von dem man fürchten musste, er gehe bis ins zwölfte Jahrhundert zurück, »vor der Rebgüterzusammenlegung also gehörten sie einem Ernst Glauser, der sie aber vor ein paar Jahren verkauft hat. Nun sind sie im Besitz einer Winzergemeinschaft.«

»Hat nicht auch der Welsch Hubert dazugehört?«, fragte einer der Umstehenden, der das Gespräch verfolgte.

»Ja, und der andere«, antwortete eine Frau, »der in Neuenburg erschossen worden ist.«

»Und vielleicht auch André Huber und Claude Eckstein?«, ergänzte Müller.

»Kann schon sein«, sagte der zuerst Angesprochene. »Wer will das wissen?«

»Diesen Blöchlinger müsst ihr im Auge behalten, der hat die Kombinationsgabe, aus dem wird noch was!«, begann der nächste Brief, der den Störfahnder erreichte. »Ja, ich habe mich einen Augenblick lang damit befasst, Hubert Welsch nicht nur zu pfählen, sondern ihn wie einen ägyptischen Pharao zu mumifizieren. Zu viel der Ehre, zu viel des Aufwands. Dann dachte ich daran, ihn wie eine Moorleiche aussehen zu lassen. Dazu hätte es genügt, die Wolfsgrube wieder zuzuschütten. Aber Sie haben es selbst gesehen: Das Katzenexperiment ist grandios gescheitert. Und Hubert? Den hätte man womöglich nie gefunden. Was soll denn das für eine Inszenierung sein, wenn der artistische Ausdruck nicht gewürdigt wird? Da könnte man ihn gleich irgendwo verscharren, ohne den Umweg über eine Fallgrube. Gut, es tut mir Leid um die Tiere, die einzigen Unschuldigen. Aber große Kunst erfordert Opfer. Es werden nicht die letzten sein.«

DIENSTAG, 17.8.2010

»Ernst Glauser hat die Reben von seinem Vater geerbt«, erklärte der Winzer, in dessen kühlen Gewölben Heinrich Müller an einer Degustation des neuen Jahrgangs Platz genommen hatte. »Die andern vier haben einzelne kleine Parzellen gekauft. Vor ein paar Jahren haben sie auch Glausers Rebberg übernommen, allerdings nicht in ihrem eigenen Namen, sondern als Kellerei SEBP. Sie wollten einen Parteiwein kreieren, worüber hier alle nur gelacht haben. Bei der Rebgüterzusammenlegung ist es ihnen gelungen, die einzelnen Parzellen abzutauschen gegen eine wohl kleinere, aber zusammenhängende und besser gelegene.«

»Diejenige, die vorgestern verhagelt wurde?«

»Genau. Der Ertrag war gut, und ich glaube, sie haben richtig Geld damit gemacht. Wenn die Partei einkauft, ist der Absatz gesichert.«

»Es geht also weniger um Politik?«, fragte Müller.

»Die Staatserhaltende BürgerPartei ist natürlich das politische Aushängeschild, in erster Linie aber ein Wirtschaftsunternehmen. Normalerweise profitieren die Mitglieder nicht von der Partei, indem sie ihr Waren verkaufen, sondern indem sie zu Subventionsempfängern aus der Staatskasse werden.«

Die hübsche Tochter des Hauses setzte sich neben

Heinrich Müller und streifte mit ihrer Brust an seinem Ellbogen vorbei, was von ihrer Seite her sehr nett gedacht war. Sie hatte blondes Haar und leicht traurige rehbraune Augen und war mit einem derart seltsamen Vornamen versehen, dass er ihn gleich wieder vergaß.

»Weshalb hat Ernst Glauser seine Hausreben verkauft?«

»Das sind Gerüchte. Man macht das entweder aus Not, oder weil man zwei linke Hände hat. Bei Glauser war es beides. Das Winzerjahr ist lang. Es beginnt im Spätwinter mit dem ersten Schnitt der Reben. Dann müssen Mauern gerichtet, Drahtzüge repariert, der Boden muss gepflügt werden. Man begradigt eine Parzelle, reißt ausgelaugte Stöcke aus und pflanzt neue Sorten, deren Ertrag man erst in einigen Jahren abschätzen kann. Im Frühjahr müssen die Ranken aufgebunden und Geiztriebe entfernt werden. In der Blütezeit ist besondere Vorsicht geboten, Nachtfröste können eine ganze Ernte zerstören. Dann muss je nach Witterung bewässert werden, manchmal braucht es den Einsatz von Pflanzenschutzmitteln, das mit dem Helikopter über den Weinberg gesprüht wird. Zur Ertragsbeschränkung schneidet man gezielt Trauben weg. Und im Herbst erfolgt als Höhepunkt die Lese der reifen Trauben. Im Anschluss beginnt die Arbeit im Weinkeller: Pressen, Gären, Ausbau im Stahltank oder Eichenfass, Abfüllen des Weins und schließlich die Vermarktung bei den Kunden … kurz zusammengefasst.«

Müller nahm zur Sicherheit einen Schluck und lobte

die Frische und die Frucht des vor ihm stehenden Freisamers.

»Ernst Glauser war mit diesen Abläufen völlig überfordert. Ich glaube, er hat keinen einzigen trinkbaren Jahrgang gekeltert, stets lief etwas schief, mal waren die Trauben nicht reif, dann gab es Rückstände im Fass, und als für einmal alles in Ordnung schien, waren die Flaschen nicht sauber. Ein Drama!«

»Die Ansprüche an einen Parteisekretär sind also geringer als diejenigen an einen Winzer«, überlegte Heinrich.

»Das kann ich nicht abschätzen«, meinte der Weinbauer, »vielleicht war es eher Mitleid mit dem Mann. Nachdem man ihn bereits ausgenommen hatte wie eine Weihnachtsgans, konnte man ihn nicht vollständig fallen lassen. Das hätte viel Lärm erzeugt und einige tote Hunde geweckt. Aber das haben Sie nicht von mir!«

Bernhard Spring hatte sich in der Traube an den Stammtisch gesetzt, der unter die Pergola mit Seesicht gezügelt worden war.

Er fühlte sich in dieser Gaststätte nicht zu Hause. Weder grüsste man ihn mit seinem Vornamen noch stellte jemand das täglich gleiche Getränk vor ihm auf den Tisch. Es war eine Welt für sich, die Fremden keinen Einlass gewährte. Er beobachtete die eingespielten Gesten und fragte sich, wer das Ganze im Hintergrund steuerte. War es die aufgedonnerte Brünette, die eben im schmalen Durchlass zur Küche verschwand, oder wirkte im Hintergrund ein Kerl, der sich nie blicken ließ? Die Bedienung jedenfalls, die nun einen Ballon Twanner brachte, war es nicht.

»Es ist nicht so lange her, da durfte man am Bielersee fast nur Chasselas und Pinot Noir anbauen. Heute sind Spezialitäten gefragt. Eine gefreute Entwicklung. Probier mal den Pinot Gris«, sagte der Älteste der Anwesenden, Durchschnittsalter 65.

Der Störfahnder ging auf die Empfehlung ein und schlürfte genussvoll. »Wunderbar!«

»Kannst gleich durchprobieren, und wenn du hier nicht genug kriegst, kommst du wieder und gehst ins alte Pfropfhaus, das sie zum Haus des Bielersee Weines umgebaut haben und wo sie die Vinothek ›Viniterra‹ führen. Dort kannst du auch deinen eigenen Rebstock kaufen.«

»So wie man eine Kuh auf der Alp für einen Sommer mieten kann?«

»Genau. Aber der Stock gehört dir. Glaub ich jedenfalls.«

»Und jetzt sind alle zufrieden?«, fragte der Störfahnder.

»Fast alle«, krächzte der Glatzköpfige, der sich als Erwin vorstellte.

»Wieso fast?«

Erwin senkte die Stimme: »Die Wirte vermuten jedes Mal, man wolle ihr Einkommen schmälern. Eigenverkauf der Winzer, Pfropfhaus, Rauchverbot. Immer wird gejammert.«

»Aber jeder bleibt beim alten Trott und glaubt, die Gäste kämen von selber.«

»Dagegen haben ja die SEBP-Leute richtig gute Ideen«, sagte Spring, und alle wurden einen Tick vorsichtiger.

»Wenn du Reichtum durch Prostitution und Import rätselhafter Güter als gute Ideen bezeichnest …«, meinte Erwin.

»Spielen wir mit offenen Karten«, vermeldete der Störfahnder und stellte sich vor.

»Ja, dann«, sagte der Ältere, »müssen Sie halt fragen, was Sie wissen müssen.«

»Bleiben wir beim Du«, wandte Spring ein und bestellte noch eine Flasche vom Besseren für die Runde. »Was mich wundert: Wenn die beiden, die du vorhin angesprochen hast, nennen wir sie beim Namen, Huber und Eckstein, wenn die Dreck am Stecken haben …«

»Das habe ich nicht gesagt«, intervenierte Erwin.

»Aber gemeint«, sagte sein Nachbar.

»… weshalb sind denn Welsch und Knecht ermordet worden?«

»Sie meinen«, zögerte Erwin, »… du meinst, die hängen alle mit drin?«

»Sag du's mir!«

»Die Viererbande«, erklärte der Ältere, »ja, die vier waren schon als Jugendliche unzertrennlich.« Sie wiesen eine Ähnlichkeit auf, die sich keineswegs in Äußerlichkeiten erschöpfte. Es steckte mehr dahinter. Es war dieselbe Kategorie, der die beiden angehörten – der Kategorie der Täter.

»Und Ernst Glauser?«

»Das fünfte Rad am Wagen. Ist immer mitgelaufen, hat die Brosamen gekriegt. Reich geworden sind die andern.«

»Wieso Welsch und Knecht?«, fragte Spring noch einmal.

»Vielleicht kommen die andern beiden noch dran«, meinte Erwin.

»Es ist also keine politische Tat?«, stellte der Dritte fest.

Spring erklärte: »Aus politischen Gründen werden keine Randfiguren umgebracht. Aber im persönlichen Umfeld können tiefe Verletzungen vorhanden sein, die jemanden dermaßen kränken, dass er überreagiert.«

»Sich Frauen ausspannen.« Erwin leckte die Lippen.

»Was du ja nicht geschafft hast«, spottete der Älteste. »Unter den vier eher nicht«, sagte er dann. »Ich glaube sogar, der Eckstein ist Single, und Huber hat seine Dirnchen. Welsch war verheiratet mit einem Mauerblümchen, und Knecht muss eine unnahbare Diva in der Stadt aushalten … Sagt man.«

»Und Glauser?«

»Ach der«, seufzte der Mann, »hat ab und zu ausgetragen, was bei Huber vom Tisch gefallen ist. Wenn du weißt, was ich meine.«

Nicole genoss den bezaubernden Blick vom Ausflugsrestaurant Engelberg beim Weiler Wingreis, ein ehemaliges Hotel, das dem Straßen- und Bahnbau weichen musste und von dem nur ein Flügel übrig geblieben war. Dafür hatte man mit dem Aushub aus dem Straßenbau die Liegewiese aufgeschüttet, auf der sich nun Segler, Windsurfer und Schwimmer einfanden.

Nicole hatte einen roten Holztisch unter dem Schatten einer Eiche ergattert und nippte an einem Gewürztraminer. Bald schon setzte sich ein Bärtiger mit Schalkaugen zu ihr.

»Bist aus dem ›Löwen‹ ausgebrochen, Mädchen?«

»Ich halt's eben in Zwingern nicht lange aus.«

»Gut so. Dürfte sich keiner einsperren lassen, weder im Knast noch in seinen Gedanken.«

»Sie kennen bestimmt alle Leute in der Gegend«, sagte Nicole.

In einem Schachen wohnen daher die Leute ineinandergepökelt wie Häringe in einer Tonne.

»Darauf kannst du Gift nehmen«, erwiderte er, »oder besser nicht. Die Welt braucht Leute wie dich. Was willst du denn wissen?«

»Glauser.«

Der Bärtige kicherte. »›Mal im Ernst, Glauser‹, hab ich immer gesagt, ›lass dich von deinen Kumpels nicht dermaßen einwickeln. Es wird noch dein Unglück sein!«

»Ich würde gern mit ihm reden.«

»Gib dir keine Mühe. Der Mann ist verschwunden. Abgetaucht. Lässt keinen an sich ran.«

»Angst oder schlechtes Gewissen?«, fragte Nicole.

»Keine Ahnung. Über die Motive der Menschen mache ich mir keine Gedanken. Über ihre Taten schon.«

»Was erzählen Ihnen die Taten?«

»Einer ist schwer verwundet und reagiert wie ein angegriffenes Tier.«

»Zieht sich zurück?«

»Vielleicht.« Er sinnierte und strich sich mit der Linken durch das gelbliche Gestrüpp in seinem Gesicht. »Du verdächtigst den Ernst?«

Nicole Himmel zuckte mit den Schultern.

»Gut so. Es gibt da noch ein paar andere …«

»Russen-Mafia, bulgarische Schlepper, albanische Drogenhändler? Das hat er dir wirklich aufgetischt?«, fragte Müller Nicole, als sie beim Abendessen saßen.

»Er wollte eben mal mit der großen Kelle anrichten.«

»Oder den Verdacht von Glauser ablenken. Er scheint ihn ja gut zu kennen.«

»Haben wir denn einen Verdacht?«

»Keinen konkreten, und ein Motiv fehlt auch, aber aus unseren Überlegungen rauslassen können wir ihn nicht.«

»Glauser?«, wiederholte Leonie, als sie mit den Getränken kam. »Friedrich Glauser?«

»Ernst. Aus Twann«, erklärte Heinrich.

Leonie wurde bleich. »Den kenne ich. Der liefert doch unsern Hauswein!«

»Was! Wir trinken Wein von der Staatserhaltenden BürgerPartei?« Müller wollte sein Glas ausschütten.

»Ich glaube nicht«, sagte Leonie. »Er hat Vertriebsverträge mit einigen Produzenten. Überprüf halt die Etiketten!«

Müller kam ihrer Aufforderung nach.

»Letzte Woche war er hier«, erinnerte sich Leonie, »wir haben noch über die beiden Ermordeten gesprochen. Dabei hat er mir bei einem Glas von seinem Sekt das Du angeboten.«

MITTWOCH, 18.8.2010

»Ernst Glauser also«, resümierte Bernhard Spring, »kommt in die engere Auswahl. Und er ist verschwunden, sagst du?«

»Jedenfalls behauptet das eine Art Dorforiginal«, erläuterte Heinrich Müller.

»Wir werden sehen.«

Sie fuhren mit dem Dienstwagen zu Glausers Wohnung am Egelsee. Niemand reagierte auf das Klingeln. Erst als der Störfahnder nicht nachließ, öffnete eine ältere Nachbarin die Tür und beklagte sich über die Störung.

»Entschuldigen Sie«, sagte Spring, »Sie wissen nicht zufälligerweise, ob Herr Glauser anwesend ist?«

»Ich habe ihn seit Tagen nicht mehr gesehen«, antwortete sie. »Oh Gott. Hoffentlich liegt er nicht tot in seiner Wohnung!«

Spring verdrehte die Augen, aber eigentlich war ihm der Gedanke auch schon gekommen.

Der Kreditkartentrick funktionierte bei dieser Tür nicht, offenbar war sie speziell gesichert. Auch rohe Gewalt brachte wenig, abgesehen davon, dass Springs Schulter schmerzte.

»Na hören Sie mal!«, empörte sich die Nachbarin.

»Der darf das«, flüsterte Müller, »der ist Polizist.«

Worauf sie entrüstet das Feld räumte.

»Gefahr im Verzug«, sagte Spring und ließ den Techniker kommen.

Die Wohnung selber fanden sie leer vor.

»Ohne Durchsuchungsbeschluss dürfen wir nichts mitnehmen«, erklärte Spring, »aber es muss niemand davon wissen, wenn wir uns kurz umschauen und einen Blick in den Computer werfen. Machst du das?«

Spring fand vor allem Material der SEBP, daneben ein paar Magazine zum Thema »Historische Schusswaffen« und ein Fotoalbum, das einen fröhlichen Knaben zeigte, der in einem Weinberg herumtollte.

Müller durchstöberte die Computerdateien. Es waren aber so viele, dass er in der kurzen Zeit nicht wusste, wo er suchen sollte.

»Keine Bekennerbriefe?«, fragte Spring.

»Jedenfalls nicht auf dem Desktop. Ich könnte ja eine Kopie ziehen, aber bei der Datenmenge dauert das Stunden, und dann kriegen wir die gesamte Propaganda der SEBP. Gib mir einen Tipp.«

»Kopier die E-Mail-Dateien der vergangenen zwei Monate.«

»Gut. Und ich nehme noch die letzten geöffneten Dokumente aus Word und Excel auf den Stick sowie den Verlauf der besuchten Websites.«

»Kontoführung gibt es keine? Wenn wir schon bei den andern kaum belastendes Material gefunden haben, gäben Glausers Finanzen vielleicht etwas her.«

»Fertig«, sagte der Detektiv.

Auf der Fahrt nach Twann sichtete Müller die Computerdateien. »Bekennerschreiben negativ, Konto ebenfalls. Einen Haufen E-Mails mit einer Swetlana, vereinzelte mit der Viererbande. Larmoyantes Gesülze und geschäftliche Abmachungen. Da hat ihn wohl jemand verlassen, und Huber möchte sein Geld zurückhaben.«

»Keine Drohungen?«

»Eher Rechtfertigungen. Ein Masochist, wenn du mich fragst.«

Heute fuhren sie direkt vor das Wohnhaus von Ulrich Schneider. Der pensionierte Lehrer öffnete und erschrak. »Sie kommen unangemeldet.«

»Wollten Sie gerade verreisen?«, fragte der Störfahnder.

»Nein, nein«, beeilte er sich. »Ich bin etwas unpässlich.«

Es war der weiße Bart, der Heinrich Müller irritierte. Woher bloß stammte die Mode mit den bis auf die Kinnpartie ausrasierten Bärten, die er bereits in seiner Jugend ausschließlich bei Lehrern beobachtet hatte? Damals hatte er geglaubt, sie sei den griechischen Philosophen abgeschaut, den Stoikern vielleicht, denn so hatte der Mann auf die erste Anfrage des Detektivs reagiert: ruhig und bescheiden und gespannt. Ein strenger, gerader Blick empfing ihn aus einem kantigen Gesicht. Aber heute waren Schneiders Augen müde.

»Ernst Glauser ist zwei Jahre jünger als die Viererbande«, erzählte der Lehrer. »Er hat die Leute immer bewundert und ist ihnen nachgelaufen wie ein treuer Hund. Sie konnten ihn schicken, wohin sie wollten. Er hat gehorcht.«

»Was ist für ihn dabei abgefallen?«, wollte Müller wissen.

»In jungen Jahren außer dem Respekt seiner Klassenkameraden nicht viel«, seufzte Schneider. »Später, als all die Mädchengeschichten begannen, haben die Jungs die nicht mehr genehmen Bräute zu Ernst abgeschoben. Aber wie sein Name schon sagt: Er hat kaum jemals bei einer landen können.«

»Er hat aber auch seine Stelle als Parteisekretär den vieren zu verdanken?«

»Ja, sicher. Er hat ihnen alles zu verdanken, auch seine persönlichen Demütigungen und den finanziellen Verlust, das Desaster mit seinem Rebberg und die schlecht bezahlte Stelle in der Partei.«

»Ein Mordmotiv?«, fragte der Störfahnder.

»Wer weiß! Wenn einer über Jahrzehnte nur einstecken muss, staut sich einiges auf. Eine Affekthandlung, warum nicht. Aber so sorgfältig vorbereitete Taten?«

»Bemühen Sie sich nicht weiter«, ließ sich eine Stimme aus dem Hintergrund vernehmen, »Sie haben genug für uns getan.«

Müllers und Springs Überraschung war enorm, als Claude Eckstein aus dem nebenan liegenden Zimmer trat.

»Ueli Schneider war seit vielen Jahren so etwas wie

mein Beichtvater«, erklärte der Händler. »Ich wollte reinen Tisch machen.«

»Weshalb?«

»In der Gegend kursieren Gerüchte, die unsern Alltag beschwerlich machen. Seit nun beinahe 30 Jahren gelten wir vier als verschworene Gemeinschaft, als Bösewichte, die Ernst Glauser auf dem Gewissen haben.«

»Das stimmt nicht?«, erkundigte sich Spring.

»Eins nach dem andern«, erwiderte Eckstein. »Wir haben uns mit 15 Blutsbrüderschaft geschworen, indianermäßig halt, aber es hat sich in uns festgekrallt, auch als unsere Interessen längst auseinanderdrifteten. Auf dem Weg hinauf nach Gaicht haben wir in einen tief liegenden Ast einer Blutbuche unsere vier Gesichter geritzt, als Mahnung an unsere Feinde. Beinahe Kinderkram.«

»Aber jetzt ist daraus Ernst geworden?«

»Es scheint so.«

»Es scheint so?«, wunderte sich Müller. »Und das, nachdem Hubert Welsch nahe eben dieser Blutbuche umgebracht worden ist?«

»Ich war seither nicht mehr dort. In Gaicht zum Essen, aber um den Baum habe ich einen Bogen gemacht.«

»Vergessen konnten Sie ihn jedoch nicht.«

»Nein. Keiner von uns wird dazu in der Lage sein.« Er schwitzte stark.

»Sie haben Angst?«, fragte Spring.

»Ja, klar. Hätten Sie an meiner Stelle keine Angst?«

»Ich weiß ja nicht, womit Sie es zu tun haben.«

Schneider atmete hörbar aus.

»Es gab illegale Geschäfte. Und es gibt sie heute noch.«

»Welcher Art?«

»Kulturgüterschmuggel ...«

»Genauer!«

»Aus oder über Osteuropa kommt vieles, das private Sammler und gierige Museen interessiert.«

»Davon hat Hubert Welsch profitiert?«, wollte der Störfahnder wissen.

»Er war der Hehler, hat die wertvollen Stücke weiterverkauft und ab und zu für seine eigene Sammlung etwas abgezweigt.«

»Und?«

»Gefälschte Pässe.«

»Für die Aufenthaltsbewilligungen Ihrer Prostiuierten?«

»Ja.«

»Lassen Sie sich nicht alles aus der Nase ziehen!«

Eckstein erklärte: »Wir haben sie als Tänzerinnen für Nachtclubs angemeldet. Dafür gibt es befristete Bewilligungen. Die Damen haben auch die Kunstwerke im Gepäck mitgeführt. Die Geschäfte ergänzen sich.«

»Wer hat die Pässe hergestellt?«

»Ernst Glauser. Dafür haben wir jeweils eine Prostituierte zu seiner Verfügung gestellt. Das Dumme war nur, dass er sich in diese Swetlana verliebt hat. Darunter leidet sofort die Zuverlässigkeit.«

»Sie wollten ihn also beseitigen?«

»Nicht beseitigen, aber unter Druck setzen. Wir hätten ihn noch gebraucht.«

»Jetzt scheint es, dass er Ihnen zuvorgekommen ist.«

»Ja. Obwohl es mir natürlich lieber wäre, wenn noch jemand anders für die Morde infrage käme.«

»Sagen Sie jetzt bitte nicht ›Russenmafia‹.«

»Keine Angst. Es ist mir bewusst, dass die keine so originellen Inszenierungen basteln würden. Dann ginge es rasch und gnadenlos.«

Der alte Lehrer war bleich auf dem Fauteuil zusammengesunken und murmelte: »So weit hat es kommen müssen …«

»André Huber trauen Sie die Morde nicht zu?«

»Doch, zutrauen würde ich sie ihm schon, aber bestellte Morde, das ist eher nicht sein Ding. So cool und manchmal gefährlich er gegen außen wirkt, so ängstlich achtet er darauf, einmal erreichte Privilegien zu bewahren und zu verteidigen.«

»Also Ernst Glauser.«

»Ernst Glauser«, wiederholte Ulrich Schneider und nickte mit dem Kopf, »der Tagträumer.«

FREITAG, 20.8.2010

Leonie Kaltenrieder hatte sich die Sache anders vorgestellt. Das heißt, sie hatte sich überhaupt nichts vorgestellt. Jedenfalls nichts, das sie an ihrem Unterfangen hätte zweifeln lassen. Nun war es zu spät. Sie war eben in Twann aus dem Zug gestiegen und begab sich zum Parkplatz vor dem Hotel ›Fontana‹. Dort sollte ein blauer Renault mit Neuenburger Kennzeichen stehen.

Er stand dort. Leonie stieg ein und begrüßte Ernst Glauser.

»Schön, dass du kommen konntest«, sagte er, »damit hätte ich nicht gerechnet. Ich konnte ja nicht alles am Telefon erklären.«

»Ich war auch nicht sicher, ob das wirklich sinnvoll ist«, erwiderte Leonie, bevor sie den Sicherheitsgurt festzurrte. Sie hatte im ›Bauch & Kopf‹ einen Zettel hinterlegt mit der Nachricht, dass sie übers Wochenende wegfahren würde, um den Kopf frei zu kriegen.

»Hör auf dein eigenes Gewissen, nicht auf die Meinungen der anderen Leute.«

»Entschuldige, aber das ist mir zu esoterisch«, erklärte sie. »Wohin fahren wir?«

»Wir nehmen die Straße nach Lamboing, auf der man in Dürrenmatts Krimi den Wagen mit dem toten Polizeileutnant Ulrich Schmied gefunden hat. Dann fahren wir weiter in Richtung Chasseral. Ich habe eine Unterkunft auf dem Hochplateau von Diesse gemietet.«

Sie fuhren an Diesse vorbei und hielten kurz vor Nods bei einem alten Bauernhaus, in das Ernst Leonie geleitete. Er hatte alles vorbereitet, was es für einen netten Abend brauchte. Kerzenlicht, Esswaren vom Feinsten, aber kalt, ein paar gute Weine zur Auswahl.

»Es soll uns an nichts fehlen«, meinte er.

Leonie bewunderte das sorgsame Arrangement.

Als sie mit dem Essen zu Ende waren, sagte Glauser: »Ich möchte eine Beichte ablegen, aber da ich nicht religiös bin und sonst niemanden kenne, dem ich vertrauen kann, möchte ich es vor dir tun.«

Leonie schwieg bekümmert, denn sie wusste nicht, worauf dies alles hinauslief. »Was wirst du nach deiner Beichte tun?«, rang sie sich schließlich ab.

»Das entscheide ich, wenn es so weit ist. Jetzt hör erst einmal zu.« Er setzte sich auf die rechte Seite eines rostroten Sofas und bat Leonie, gegenüber in einem Sessel Platz zu nehmen.

»Seit meiner Kindheit sehne ich mich nach Anerkennung, wie es viele Kinder tun. Leider hatte ich keine gleichaltrigen Kollegen, sodass ich mich auf die Viererbande um André Huber einließ. Ich habe viel von ihnen profitiert, wurde aber gleichzeitig schamlos ausgenutzt und konnte nie das Selbstvertrauen entwickeln, das ich im späteren Leben gebraucht hätte. Ich sage das nur als oberflächliche Erklärung und nicht als Entschuldigung für das, was später passiert ist. Denn ich habe mich in die teilweise illegalen Aktivitäten mit einspannen lassen.« Er machte eine kurze Pause. »Nicht, dass es mir leid tun würde. Darüber sollen andere richten. Ich habe die Jungs auch heimlich beobachtet, wenn ich an ihren Spielen nicht teilnehmen durfte, denn an der Blutsbrüderschaft wollten sie mich nicht beteiligen, und mein Gesicht hatte im Ast der Blutbuche nichts zu suchen. Ich habe den Baum seither öfter besucht. Der Stamm ist mächtig gewachsen, der Ast liegt jetzt beinahe drei Meter ab Boden und weist den doppelten Umfang auf. Im selben Maße sind auch ihre eingekerbten Gesichter gewachsen, wie fratzenhafte Masken. Und als ich das letzte Mal davorgestanden bin, ist mir aufgefallen, dass sie auch genau das im echten Leben geworden sind: fratzenhafte Masken. Du verstehst: Der Baum spricht die Wahrheit, und sie selber haben den Samen dafür gelegt. Nun hängen sie wie ein Mahnmal über einem Weg, der ins Nirgendwo führt, wo sich allenfalls ein Liebespaar mit einer Herde von Kühen trifft.«

»Deswegen bist du auf die Idee gekommen, dich zu rächen?«

»Rache! Was für ein hässliches Wort. Ich wollte nicht mich rächen, sondern die aus den Fugen geratene Welt wieder in Ordnung bringen. Verstehst du: Sie sollten dasselbe Schicksal erleiden, das sie der Welt zugemutet hatten.«

»Das Pfählen also für die Pfahlbauer …«

»… und die Erschießung für den Waffenhandel.«

»Das war's?«, fragte Leonie.

»Nein. Ich hätte weitergemacht, bis die ganze Viererbande ihr gerechtes Schicksal gefunden hätte.«

»Du verschweigst mir etwas. Das sind nicht deine wahren Beweggründe.«

»Doch. Ich lüge nicht.«

»Du lügst. Erzähl die ganze Geschichte rückwärts.«

»Ich soll …?« Ernst Glauser war erschüttert. Nicht einmal seine Beichtgenossin glaubte ihm mehr.

»Lügner können eine einmal erfundene Geschichte nicht rückwärts rekonstruieren«, dozierte Leonie. Sie hatte dies vor Kurzem gelesen, und es hatte ihr eingeleuchtet.

Aber Ernst Glauser ließ ihr diese Chance nicht. Er servierte ein letztes Getränk, diesmal einen Süßwein, der alle andern Gerüche überdeckte. Leider auch den des Schlafmittels, das er in Leonies Glas getröpfelt hatte.

Dann setzte er sich an sein Pult und schrieb einen weiteren Brief:

»Diese Aufregung um nichts und wieder nichts. Glaubt tatsächlich jemand, dass ich Katzen umbringe? Womöglich, um damit auf etwas hinzuweisen? Ich hätte ja geradezu eine mystische Ader. Was kommt als Nächstes? Kornkreise? Mehltau? Die sieben Plagen?

Alles, was ich anfasse, ist seriöse Handarbeit. Und auch wenn Sie inzwischen ahnen mögen, wer ich bin, so kennen Sie doch nur meine äußere Natur. Was mein Inneres bestimmt, wird Ihnen immer unbekannt bleiben. Kümmern Sie sich lieber um Ihre Freundin, die die Neugier zu unüberlegtem Handeln verleitet hat. In diesem Fall würde ich sie ungern als nächstes Opfer sehen. Aber was bleibt mir übrig? Bisher können Sie mir nichts nachweisen, alle Spuren sind verwischt. Geben Sie sich keine Mühe.

Aber mit Leonie Kaltenrieder habe ich nun ein brennendes Problem, das ich nicht vorhergesehen habe. Das sage ich Ihnen ganz im Vertrauen und im Wissen darum, dass ich auch dieses Problem aus der Welt schaffen werde. Sie werden hautnah dabei sein, wenn ich Ihnen meine Lösung präsentiere, und Sie werden sich wünschen, mich niemals ins Visier genommen zu haben. Denn bisher habe ich mich nur an denen gerächt, die es auch wirklich verdient haben. Nun zwingen Sie mich zu Taten, die ich lieber nicht begehen würde. Aber sei's drum. Jede Reise beginnt mit dem ersten Schritt.«

Zweimal las er das Geschriebene, und als er erkannte, dass er sich nur noch rechtfertigte, zerriss er das Papier und ließ es in einem Aschenbecher in Flammen aufgehen.

Als Leonie endlich tief und fest schlummerte, packte er sie in seinen Renault und fuhr zurück nach Twann.

SAMSTAG, 21.8.2010

Nicole Himmel, Heinrich Müller und Bernhard Spring standen an der Reling des Bielerseeschiffes, blinzelten in der Abendsonne zu den Rebbergen hinüber und suchten das, was in ihren Ohren erklingen sollte: die Musiker und Sänger, die heute Abend zur ›Vocis terra‹ angereist waren. Nach der ›Viniterra‹ im Jahr 2000, bei der die Weingärten am Bielerseenordufer von Tausenden Fackeln erleuchtet waren, inszenierte der Solothurner Landschaftskünstler Ulrich Studer heute ein Klangerlebnis entlang dem Weg durch die Rebberge. Heinrich versuchte ein letztes Mal vergeblich, Leonie zu erreichen. Er wunderte sich zwar über ihre plötzliche Abreise, aber da er ihren Aufenthaltsort nicht kannte, konnte er sich genauso gut dem beginnenden Spektakel zuwenden.

Wachskerzen warfen ein mattes Licht über den Rebenweg und die steilen Treppen und Sträßchen, die einen durch die Weinterrassen auf seine Höhe leiteten. Vom angekündigten Spektakel war auf dem Schiff nur wenig zu hören. Verwöhnt durch den Event-Lärm, der von Anlass zu Anlass gesteigert werden musste, um das Publikum noch zufriedenzustellen, nahm man die leisen Töne nicht mehr wahr. Sphärische Klänge der Glasharfen bei der gotischen Kirche von Ligerz, der Blechbläser um den Rebenweg oberhalb von Twann oder des Basso continuo aus den Stahlrohren bei Wingreis fanden nur spärlich den Weg übers Wasser, mitunter verweht von der leichten Bise, die von Biel gegen Neuchâtel blies und sich mit dem leisen Plätschern der dunklen Wellen vermischte. Die Motoren des Bootes waren inzwischen abgestellt, es dümpelte in einem Streifen Beinahevollmondlicht nahe am Seeufer.

Berauschende Tonfolgen schwammen auf dem Wasser, aber es blieb ein distanziertes Hörerlebnis, das die drei auf dem Schiff genossen. Sie würden sich später am Abend auf dem Rebenweg in die Klänge hineinbegeben. Jetzt, beim Eindunkeln, stießen sie mit dem erfrischenden Seewein auf erfolgreiche Ermittlungsarbeit an und versanken in Gedanken, die jeden weit weg vom Alltag führten.

Aus dem staunenden Genießen meldete sich plötzlich Heinrich und wies auf den weitläufigen Rebberg oberhalb von Twann: »Es gibt doch eine Beleuchtung der Weinterrassen. Sie fangen eben damit an.«

»Sie haben wohl gewartet, bis es dunkel wird«, meinte Bernhard.

Flämmchen züngelten die Fackeln hinauf.

»Wie in Goethes ›Faust‹ in ›Auerbachs Keller‹«, erinnerte sich Nicole.

»Fehlt nur, dass der gewünschte Wein aus den Schläuchen tropft.«

Der Bootsführer war etwas irritiert und holte den Feldstecher. Er murmelte: »Das sind keine Fackeln, das sind Rebstöcke, die brennen.«

Inzwischen hatten die Flammen die Form eines Pentagramms angenommen, und in der Mitte flackerte ein rotes Herz.

»Das steht so nicht im Plan drin«, sagte der Kapitän verdattert.

Die Twanner Blechbläser waren verstummt. Vielmehr vernahm man das Knistern des Feuersturms, der sich von den Spitzen zum Zentrum des Fünfecks fraß. Einzig der Basso continuo aus Wingreis unterlegte das Brennen der Reben mit einem gespenstischen Brummen.

Das Schiff hatte Richtung Ländte gedreht, obwohl es längst derart überladen war, dass es keine neuen Passagiere mehr aufnehmen konnte. Es röhrten Feuerwehrsirenen aus beiden Richtungen, aus Biel und aus Neuchâtel. Der erste Löschzug arbeitete bereits vor Ort, vermochte aber gegen die Flammen nichts auszurichten.

»Ich hätte darauf gewettet, dass dies zur Inszenierung gehört«, erklärte Nicole.

»Das hat sich der Verursacher wohl so vorgestellt. Aber beobachtet das Feuer genau«, erwiderte Heinrich, »es frisst sich gezielt von den Zacken in die Mitte und lässt das Herz unberührt.«

Spring räusperte sich: »Ich habe da so eine Idee, wer sich auf Inszenierungen dieser Art versteht«, und sprach dann den Boostführer an: »Wessen Reben sind das, die dort brennen?«

»Ich glaube«, er stutzte unsicher, »sie gehören den Männern von der SEBP. Das sind doch«, er wandte sich an seinen Nachbarn, der zur Bestätigung nickte, »die

Pflanzen, die schon vom Hagel beschädigt worden sind. Jetzt brennen sie gezielt ab. Wie ist das denn möglich?«

Tief aus dem Innern des Zentrums der Feuerwalze mochten einzelne Schreie erklingen.

Leonie erwachte aus dem traumlosen Schlaf, drehte ihren schmerzenden Hals in alle Richtungen, bevor sie feststellte, dass sie an einen Stuhl gebunden war. Die Hanffesseln lagen an den Oberarmen so fest am Holz, dass sie nicht zu Boden gestürzt war, aber an den Händen so lose, dass sie sich leicht befreien konnte.

Es dauerte jedoch geraume Zeit, bis sie bei einigermaßen klarem Bewusstsein war. Ihr war heiß. Die anfängliche Dunkelheit war verdrängt worden durch einen hellen Schein, der eine Tür aus ihrem Blickfeld ausschnitt. Zuerst hatte sie seltsame Musik gehört, ein entferntes Blechblasorchester, das sie nirgends zuordnen konnte. Dann herrschte Stille, die bald darauf abgelöst wurde durch ein unheimliches Knistern, das an Intensität zunahm, sodass es nicht die Abendsonne sein konnte, die Leonies Verlies erleuchtete.

Leonie schrie.

Leonie schrie, wie sie noch nie in ihrem Leben geschrien hatte.

Die Fesseln waren längst zu Boden gefallen, aber Leonie blieb an ihren Stuhl gefesselt. Und sie schrie.

Sie verlor das Bewusstsein für Raum und Zeit, sie war unfähig zu irgendeiner Handlung.

Leonie existierte nur noch in ihrem unendlichen Schreien.

Dann zerplatzte die Tür in einem Funkenregen.

Leonie sperrte die Augen auf. Der Schrei blieb ihr in der Kehle stecken. Sie erwartete die Feuerwalze.

Nur noch schemenhaft nahm sie die beiden Schatten wahr, die in der Tür standen.

Cäsar Schauinsland und Pascale Meyer war es gelungen, sich eine Schneise durch die brennenden Rebstöcke zu bahnen. Sie hatten sich in Asbestanzüge geworfen, die Cäsar zur Sicherheit in seinem Auto mit sich führte, wenn er eine Objektverbrennung inszenierte, denn es konnte immer etwas schief gehen. Deshalb wagten sie sich mitten ins Auge des Sturms. Sie hatten die Aktion zwar so geplant, dass die Hütte im Rebberg nicht abbrennen sollte, im Gegenteil, sie wäre als Mahnmal im verkohlten Weinberg stehen geblieben. Ob ein Mensch allerdings die Hitze und den vorübergehenden Sauerstoffmangel überlebt hätte, wussten sie nicht.

Als sie in der Tür der Hütte vor der völlig verstörten Leonie standen, suchten sie zwar nach einer Erklärung. Aber die Bergung ging vor. Die Flammen züngelten noch an den dickeren Stöcken, die Rinde und die Blätter waren schon zerstört, der Brandbeschleuniger perfekt auf die Inszenierung abgestimmt. So gelang es denn Cäsar, Leonie auf seinem Rücken aus der Gefahrenzone zu wuchten.

Seltsam war nur, dass die Polizistin und der Künstler nicht als heldenhafte Retter vor die Presse treten mochten, dass sie keine Dankesbezeugungen der Behörden annahmen und sich überhaupt verdächtig schnell aus dem Staub machten.

SONNTAG, 22.8.2010

Leonie Kaltenrieder schüttelte ihre schulterlangen hellbraunen Haare, auf denen sie noch eine Ascheschicht spürte, riss einen Schmollmund und guckte aus auf das grellgelbe T-Shirt von Pascale Meyer, auf dem stand »Born in Flames«.

»Das ist das Passendste, was du gefunden hast?«

»Cäsar hat jedenfalls nicht gemeckert, und wenn einer was von Bränden versteht, dann er.«

»Von Feuer möchte ich in den nächsten 15 Jahren nichts mehr hören«, erklärte Leonie, »mit der einzigen Ausnahme von Feuerwasser.«

»Ein Widerspruch in sich«, warf einer der 49 Besucher ein, der durch ›Bauch & Kopf‹ stolperte wie durch einen gebrauchten Märchenwald.

Es hingen wirklich ein paar seltsame Verlautbarungen an den unmöglichsten Plätzen in der Kneipe:

»Auf Umwegen den Übergang suchen!«

»Naturgesetze: Keine Wirkung ohne Ursache.« (»Wie weit zurück kann man nach den Ursachen fragen?«, warf einer der ewigen Zweifler ein.)

»Es ist unglaublich, wie blöd eine Verliebte ist. Letztlich haben nur die Schlampen ein glückliches Leben.« (Kolportiert von Isabelle Adjani.)

»Früher waren wir jung, schön und doof. Jetzt sind wir nur noch doof.« (Mick Jagger zugeschrieben.)

»Ich bin ja wirklich nicht zimperlich«, sagte Melinda Käsbleich, »aber solche Sprüche können nur von Großvätern stammen.«

Phoebe blieb etwas kleinlaut, denn sie litt an einer Entzündung des Bauchnabels. Alles hatte mit 15 Jahren nach einer Blinddarmoperation und der zurückbleibenden Narbe begonnen. Seither hatte sie weiteren Körperschmuck hinzugefügt: zwei Piercingstecker am Ende der linken Augenbraue, auf derselben Seite ein Nasenring, den sie bei jeder Erkältung entfernen musste, ein tätowiertes schwarzes Röschen auf dem linken Oberarm mit einem Namen, den sie längst gern vergessen hätte.

Zu allem Unglück fehlte auch noch Gwendolin, die irgendein Windei kennengelernt hatte und sie nun offensichtlich im Stich ließ. Dafür stand unübersehbar mitten im Raum Louise Wyss und stahl mit ihrer bühnenreifen Präsenz der vor dem Feuertod geretteten Leonie Kaltenrieder die Show.

»Die Alte hat's echt drauf«, flüsterte Phoebe Melinda zu und bewunderte den glasklaren Blick und die waidwund geschminkten Lippen.

Es gab einen violett leuchtenden Urano Malbec 2007 aus Mendoza, Argentinien, dunkel und schwarzbeerig in der Nase, fein und komplex im Mund, mit Veilchen-, Cassis- und Holunderaromen und einem sauberen Abgang, ein sehr süffiger Wein.

»Damit mir der Bielersee aus den Gedanken geschwemmt wird«, erklärte Leonie. »Und wer das nicht mag, trinkt eben den felsenhöhlengelagerten Ermitage von Adrien Mathier, schmeckt in seinem Süße-Säure-Spiel wie ein Honigwein.«

»Baby's on fire«, krächzte Brian Eno, »better throw her in the water.«

Die schräge Elektronik im Hinter- und die schrille Gitarre im Vordergrund entsprachen Leonies Gefühlen gegenüber den Elementen.

»Atheismus«, sagte Heinrich Müller zu Louise Wyss, und in ihren leuchtenden Augen schwand jede Bedeutung, die er dem Begriff jemals zugemessen hatte.

»Atheismus«, er versuchte, das entstandene Loch zu stopfen, »ist die Überzeugung von der Nicht-Existenz höherer Mächte.« Er kam sich gleichzeitig hilflos und überheblich vor.

Sie schenkte ihm ihre ungeteilte Zuwendung. Es gab nichts, worüber sie hier und jetzt lieber Bescheid gewusst hätte als über Atheismus.

Heinrich schluckte leer, aber bevor er zu einer längeren Erklärung anhob, verschloss sie ihm die Lippen mit ihrem Zeigefinger, auch wenn es ihr Mund viel lieber getan hätte.

»Wie hat dein erster Kuss geschmeckt?«

»Wie schmeckt das Salz auf der Haut der Geliebten?«

»Wie riecht die Angst oder die Verzweiflung?

»Wie riecht Feuer, das auf dich zukommt?«

»Und wie schmeckt der Speichel im eigenen Mund?«

Phoebe tippte wilde SMS, die hoffentlich Gwendolin erreichten und sie von den neuesten Entwicklungen in Kenntnis setzten.

»Die Schleimhautoberfläche im Innern eines Erwachsenen ist etwa 250 Mal so groß wie seine äußere Haut: etwa 400 Quadratmeter«, erklärte Cäsar Schauinsland dem Störfahnder.

»Wunderbare Information«, erwiderte dieser. »Kannst du mir auch sagen, wie viele dieser Quadratmeter durch den sauren Wein gestern Abend verätzt worden sind?«

»Danke jedenfalls, dass du Pascale wieder in den Dienst zurückberufen hast.«

»Keine Ursache«, sagte Spring, »der Polizeidirektor war von eurer Rettungsaktion begeistert. Er kennt halt nicht die ganze Wahrheit.«

Cäsar konterte: »Schon Wilhelm von Ockham definierte: ›Wenn es eine komplizierte und eine einfache Erklärung gibt, sollte man zuerst die einfache Erklärung verwenden und diese so lange beibehalten, wie sie den Tatsachen standhält.‹«

»Wir könnten auch von der hypothesengerechten Informationsauswahl sprechen«, mischte sich Pascale Meyer ein und fuhr fort: »Ich habe mich schlaugemacht! Das ist eine einfache Methode, mit sich selbst im Reinen zu sein, indem man aus allen Informationen diejenigen herausfiltert, welche die eigene Meinung bestätigen. Jede Ideologie fußt darauf, nur zur Kenntnis zu nehmen, was dem Vorurteil entspricht. Diese reduktiven Hypothesen bieten Welterklärungen aus einem Guss an. Dies erklärt ihre Beliebtheit und ihre Stabilität.«

Cäsar blieb mit offenem Mund stehen. Melinda wurde käsbleich, und Phoebe vergaß zu tippen.

Selbst Leonie dachte einen Moment lang nicht an die traumatischen Erlebnisse der letzten Nacht und mischte sich ein: »Das erinnert mich an die selbst erfüllenden Prophezeiungen. Wenn man sich auf etwas zu Erwartendes konzentriert, dann wird man Ereignisse ausblenden, die dem widersprechen, und das höher gewichten, was dem zu Erwartenden entspricht. Denkt nur an Horoskope, Prognosen, Krankheitsbilder.«

›Emotional landscapes‹, beschwor Björk im Hintergrund mit eiskalten isländischen Klangmustern.

Nur Nicole blieb die Ruhe selbst und erklärte Heinrich ihre neue Sammelleidenschaft: Dinge, die Leute in Büchern vergessen oder hinterlassen, wenn sie sie ins Antiquariat oder auf den Flohmarkt bringen: eine 20-Franken-Note; Quittungen von Cafés, Restaurants, Buchhandlungen, Bus- und Zugreisen; ein Familienfoto in einem Raymond-Chandler-Krimi, schlecht zentriert, das Kinder beim Spielen zeigt, in der Westschweiz entwickelt, denn es steht »août« auf der Rückseite. Oder Gegenstände, die statt Eselsohren als Buchzeichen verwendet worden sind: eine Postkarte mit Urlaubsgrüßen von der Côte d'Azur; ein Brief auf Holländisch (oder war es Schwedisch?); Eintrittskarten in Museen oder Konzerte; Bibliotheksleihscheine.

Auf dem Flachbildschirm an der Wand ein Video-Loop: Eine kräftige Frau in wallendem, rotem Gewand, mit langen, gelockten blonden Haaren wacht in einer fast leeren hölzernen Dachkammer über einem nackten Paar, das sich im direkt auf dem Boden liegenden Doppelbett vergnügt. Jede Kopulation, jeden Orgasmus verknüpft sie mit einem kosmischen Ereignis. Wenn sich die beiden lieben, fällt ein Komet auf die Erde.

MONTAG, 23.8.2010

Heinrich hatte eine alte Kartonschachtel ausgegraben, voller Pornovideos aus den späten 80er-Jahren. Er wollte sich nicht daran erinnern, woher er sie hatte, deswegen stellte er sie neben den Müll wie all die andern, denn die Zeit der Bandspulen war definitiv abgelaufen. Er steckte aber doch noch eines ins Abspielgerät, drückte die Fernbedienung auf doppelte Geschwindigkeit und schaltete auf Normalmodus zurück, als zwei Frauen beim Kofferpacken übereinander herfielen.

Jetzt erst erkannte er hinter der bläulich-violett-dunklen Farbe und dem unsäglichen Unterhaltungssaxophon den wahren Wert dieser handlungsarmen Filme: Echte Menschen, kaum geschminkt, trafen sich in kalifornischen Villen zum hemmungslosen Sex (dabei erinnerte er sich kurioserweise daran, dass ›Sex‹ in der Westschweiz ein Bergname war), mit meist natürlichen Brüsten (man erkannte sie daran, dass die Schwerkraft ungehindert auf sie wirkte) und unbegrenztem Schamhaar, Geschlechtsorgane ohne kosmetisch-chirurgische Korrekturen, einfach durchschnittliche Menschen mit einem ungewöhnlichen Hobby, primitiv, direkt, etwas schmutzig, obwohl man dem zurückhaltend Tätowierten noch beim Duschen zusehen durfte. Die vollbusige Blondine war schon etwas älter und hatte doch einen Packen Silikon abbekommen, der Typ trug Zuhältergoldkettchen, eine Rothaarige befriedigte sich selbst, während sie vom blinden schwarzen Pianospieler träumte und es kurze Zeit später mit ihm auf dem Klavier trieb (dass der Blinde dabei den falschen Eingang erwischte, wer möchte es ihm verübeln …). Simpler Geschlechtsverkehr, wacklige Großaufnahmen, und Trash-Titel wie ›Das Tal der Nymphomaninnen‹, ›Zwischen den Hüften von Savannah‹, ›Die Mädchen von der Schatzinsel‹. Rhythmik und Ästhetik eines industriellen Dampfhammers, total verschwitzte Schwerarbeiter, ethnologische Zusatzinformationen: Autofahrten durch kalifornische Städte, Ansichten von Vergnügungsparks, Schlafzimmern, Toiletten, Swimmingpools, Fast-Food-Buden und von den Frisuren der Männer.

Der eigentliche Akt ließ wenig Romantik und keine Sehnsüchte übrig. So war es halt, das pralle Leben, harte Arbeit, wenig Erregung, kein Raum für Illusionen. Hier kam ungeschminkt rüber, was geschah, wenn man sich nach dem Konsum unzähliger Liebesfilme endlich nicht mehr in englischen Gartenlandschaften oder an traumhaften Karibikstränden befand, sondern im Bett mit der pickligen Sommersprossigen, dem downgepushten Hängebusen, dem schlaffen Muskelprotz und knoblauchschwitzenden Gigolo. Zum Glück war das Geruchskino noch nicht erfunden …

Diese Filme musste er aufbewahren, sie würden später gesucht für Anatomielehrstunden aus einer Zeit, als die Menschen noch ohne künstliche Veränderungen ihres

Körpers ausgekommen waren und damit beileibe nicht schlecht gelebt hatten.

»Du spinnst«, sagte Leonie nach der Vorführung, »einen derart unterbelichteten Mist kannst du niemandem zumuten!«

Es ist gerade, wie manche Mutter einen Ausbund von Schönheit an ihrer Tochter erwartet, und am Ende hat sie ein tiefäugiges, krummbeiniges Speckgesicht.

Was André Huber und Claude Eckstein allerdings Bernhard Spring zumuteten, war nicht zu vergleichen mit billigem Porno, es war schon eher großes Kino, als die beiden am Montagmorgen durch die Pforte des Waisenhauses stolzierten und sich schnurstracks zum Büro des Störfahnders begaben, um zu erklären: »Nehmen Sie uns bitte in Schutzhaft!«

Spring vergaß vor Staunen seinen Mund zu schließen. So etwas hatte er in seiner Karriere noch nicht erlebt, dass zwei gestandene Männer so den Schwanz einzogen.

»Dafür brauche ich aber einen guten Grund«, müffelte er, denn er hatte nicht wirklich Lust darauf, den Sündenbock zu spielen.

»Den kriegen Sie«, erklärte Eckstein.

»Gut. Ich höre. Sie sind hier auf sicherem Grund.«

»Wenn Sie die Fensterläden zusperren würden?«, bat Huber eindringlich.

»Haben Sie Todesdrohungen erhalten?«, wollte Spring wissen.

»Nein, das nicht«, sagte Eckstein. »Aber denken Sie nicht, dass die Vorkommnisse des vergangenen Wochenendes Grund genug bieten, um unser Leben zu bangen?«

»Nein.«

Die beiden schauten sich wortlos an.

»Immerhin hat Ernst Glauser bereits unsere Kollegen auf dem Gewissen«, meinte Huber.

»Und dann noch die Tussi aus dem Rebberg«, doppelte Eckstein nach.

»Halten Sie Ihre Wortwahl für passend gegenüber einem Menschen, der beinahe den Flammen zum Opfer gefallen war?«, fragte der Störfahnder.

»Nein, natürlich nicht«, beeilte sich André Huber, den Schaden einzugrenzen.

»Zu den Fakten!«, mahnte Spring. »Weshalb Ernst Glauser? Vor ein paar Tagen waren doch noch die politischen Gegner die Hauptverdächtigen.«

»Na ja«, druckste Huber herum. »Die Lage hat sich eben geändert. Man muss die Segel nach dem Wind richten, wie wir Seeländer sagen.«

»Gut. Der Wind weht jetzt also aus dem eigenen Lager, aus der Staatserhaltenden BürgerPartei SEBP?«

»Wenn Sie so wollen«, meinte Eckstein. »Aber eigentlich sind unsere Geschäfte daran schuld.«

»Haben Sie denn bisher nicht die Wahrheit gesagt?«, fragte der Störfahnder.

»Doch. Die Wahrheit schon, aber eben nicht alles.«

Eckstein nahm den Faden wieder auf: »Ernst Glauser ist immer das fünfte Rad am Wagen gewesen. Das haben wir Ihnen erklärt. Er hat uns nachgeahmt und damit mehr seine Altersgenossen beeindruckt als uns. Für uns war er immer ein Wasserträger. Er hat Aufträge bekommen und sie meist zu unserer Zufriedenheit ausgeführt. Allerdings kam dann die Sache mit den Mädchen aus Osteuropa. Er hatte einen Narren an ihnen gefressen. Und die Damen – nicht dumm – haben das weidlich ausgenutzt.«

»Jedenfalls«, fuhr Huber weiter, »hat sich Ernst über kurz oder lang in Schulden gestürzt, für die er bei uns Kredite aufnahm, deren Zinsen er auch bald nicht mehr bestreiten konnte.«

»Das war der Zeitpunkt, als er uns seinen Rebberg verkauft hat. Wir ließen ihn noch darin arbeiten, aber den Profit haben wir in die eigene Tasche gesteckt.«

»Das passiert doch immer wieder«, sagte der Störfahnder. »Daraus entstehen zwar Dramen, aber bis zur Tötung eines Menschen braucht es mehr.«

»Er hat sich also in diese Swetlana verliebt«, erklärte Huber. »Er wollte sie auslösen – ohne Geld!«

»Und dann? Sie sind doch gekommen, um mir eine Geschichte zu erzählen, von der ich entscheide, ob ich sie für wahr halte oder nicht.«

»Ja, dann habe ich Swetlana weiterverkauft und Glauser gegenüber erwähnt, Hubert Welsch habe sie mit einem seiner Kunsttransporte außer Landes geschafft.«

»Das hat er geglaubt?«

»Er war blind vor Zorn und unfähig, die Realität zu sehen. Aber wir konnten ihn doch nicht so weitermachen lassen. Wenn einer von der SEBP an der Prostitution verdient oder sich gar mit den Mädels bekannt macht, ist das kein Grund für einen Hahnschrei, aber wenn sich einer in eine Dame von übler Abstammung verliebt, schadet er letztlich auch der Partei. Denn es ist eine Sache, mit Lust und Liebe reich zu werden. Man macht sich jedoch erpressbar, wenn man die Grenzen des Gewerbes nicht mehr anerkennt. Und wir haben ihm schließlich als Parteisekretär eine Heimat gegeben, mit der er wenigstens ein Grundeinkommen erwirtschaften konnte.«

»Versteh ich das richtig?«, wollte Bernhard Spring wissen, »sogenannte Praktikanten zum Hungerlohn auf dem Bauernhof: kein Problem; eine Frau aus Weißrussland oder Moldawien heiraten: nicht ehrenrührig …«

»Eine aus dem Katalog«, sagte Eckstein, »warum nicht? Es gibt ja auch den Bauernkalender.«

»Aber nicht als Heiratsmarkt oder Ausstellungskatalog für käufliche Damen«, meinte Spring.

»Das nicht«, bestätigte Eckstein, »allerdings ist die Landbevölkerung auch nicht mehr von gestern.«

»Nur eine Dirne durfte es nicht sein?«

»Nun ja«, seufzte Huber, »wenn schon die ganze Parteileitung …«

»Hören Sie auf, ich will es gar nicht wissen!«, wehrte der Polizist ab.

»Also, er wollte Swetlana eintauschen gegen sein Stillschweigen über unsere Geschäfte«, platzte Eckstein heraus.

»Wir haben ihn ausgelacht und ihm mit dem Rausschmiss aus der Partei gedroht.«

»Sie glauben, das war der Auslöser für Glausers Absturz?«

»Er hatte schon immer ein paar versponnene Ideen«, erläuterte Eckstein. »Wer konnte denn wissen, dass er bei Henri Knecht im Wandschrank den Revolver finden würde?«

»Das haben Sie sich gut ausgedacht«, erwiderte Spring. »Erst beklaut Glauser seinen Wohltäter, dann schießt er ihm eine Kugel in die Brust. Warum auf der Terrasse des Centre Dürrenmatt? Der Tipp aus einem Bekennerschreiben weist auf einen Zusammenhang mit seinem Krimi ›Der Richter und sein Henker‹. Was wissen Sie über eine Wette?«

»Ich hab's dir gesagt«, jammerte Eckstein.

»Machen wir reinen Tisch«, sagte André Huber. »Henri Knecht hat mit ihm um Swetlana gewettet. Wird sie zum Augenblicke sagen: ›Verweile doch, du bist so schön‹, gehört sie ihm.«

»So ein Quatsch. Das ist ein Zitat aus Goethes ›Faust‹«, protestierte Spring. »Das weiß selbst ich. Darauf wird er nicht hereingefallen sein.«

»Glauser war blind vor Wut und Liebe. Er konnte nicht mehr klar denken. Als er gemerkt hat, dass er gelinkt worden ist, hat er sich in seinen Wahn zurückgezogen. ›Rache‹ stand zuoberst auf seinem Plan.«

DIENSTAG, 24.8.2010

Nach den Vorstellungen eines Möbelkatalogs müsste Leonie jetzt bäuchlings auf einem walnussbraunen Sofa fläzen. Sie würde sich mit den Ellbogen auf dem Leder aufstützen. Ihr Blick würde auf einen Brief fallen, der wiederum auf einem Kissen am Boden neben einem eiercognacgelben Wollteppich läge.

Leonie saß jedoch kerzengerade auf einem hölzernen Stuhl.

»Liebe Leonie – ich darf doch Leonie sagen, trotz allem, was vorgefallen ist? –, leider konnte ich meine ehrgeizigen Pläne, die ich mit dir hatte, nicht zu Ende bringen. Feuer ist eben ein zerstörerisches Element und war nicht vorgesehen. Du hättest deinen Auftritt an der ›Vocis terra‹ gehabt, das garantiere ich dir, der aber eben nicht aus einer Befreiungsaktion bestanden hätte. Du hast sehr wohl bemerkt, dass das Schlafmittel sehr genau dosiert war und dir das Erwachen zum Höhepunkt der Festlichkeiten ermöglicht hat. Auch waren deine Beine und Arme nur gefesselt, damit du nicht stürzt.

Leider ist der Augenblick vertan, und eine Wiederholung wird es nicht geben. Nicht nur, weil ich den Kontakt zu dir abbrechen muss, sondern auch, weil du es nicht würdig bist, von mir geadelt zu werden. Denn nun gibt es nur noch einen Ausweg: den Tod. Wahrscheinlich ist auch das sinnlos, da du meine Identität bestimmt enthüllt hast. Mir bleibt demnach nur noch die Flucht. Aber wohin flüchtet ein Mensch, der als Parteisekretär groß geworden ist? Also gut, sooo groß auch wieder nicht. In deinen Augen bestimmt ein Versager.

Versagt habe ich allerdings nur aus Mitleid. Aus Mitleid mit dir. Das war mein einziger Fehler bisher. Man wird meine Fluchtburg finden, die Polizei wird in meinen Effekten herumstöbern und alles beschmutzen mit ihren widerlichen Ermittlerfingern, die schon so viel Hässliches angefasst haben. Denk daran: Die Schönheit stirbt zuletzt. Du oder ich?«

Leonie Kaltenrieder zitterte, als sie den Brief beiseitelegte. Sie schenkte sich einen kräftigen Mansinthe ein, legte ›Homogenic‹ in den CD-Player, das in seinen repetitiven Arrangements bedrückendste Album von Björk, und rief Baron Biber zu sich, den sie auf ihrem Schoß ausgiebig kraulte. Sie las ihm den Brief von Ernst Glauser noch einmal vor. Gerne hätte sie sich dazu ein Video der isländischen Künstlerin Gabríela Friðriksdóttir angeschaut, menschliche Monster, die sich aus organischem Schlamm erhoben, mythische Figuren, die auf der Jagd nach Unbestimmtem waren, Gnome, die unter der Erde hausten.

Leonie mochte keine Sinnbilder für das eigene Erleben, aber manchmal überwucherte die Realität die Vorstellungskraft. Heute war so ein Tag. Es blieb ihr nur, einen Entschluss zu fassen.

Als Baron Biber das Fell hinter seinem Nacken leckte, wunderte er sich über das salzige Wasser, das Leonie auf ihn hatte fallen lassen. Heißes, salziges Wasser. Er kannte die Bedeutung nicht.

Leonie Kaltenrieder war definitiv überfordert. Nach dem wunderbaren Abend vorgestern, an dem sie alle ihre Freunde im neuen Leben willkommen geheißen hatten, nun dieser Tiefschlag. Der Mörder hatte sie immer noch im Visier. Sicher, sie wusste sich geschützt durch die Gang, wie sie neuerdings die Sippschaft um Heinrich Müller und Bernhard Spring bezeichnete. Aber war es das, womit sie ihr Leben verbringen wollte?

Nein!

Sie schrie es dreimal laut aus sich heraus.

Als sie sich umblickte, stand Heinrich in der Tür.

»War es klar genug?«, fragte sie.

»Es war klar genug«, bestätigte Heinrich. »Wann gehst du?«

»Heute!«

»Ich danke dir«, sagte Heinrich, umarmte Leonie und schloss sich in seinem Büro ein.

MITTWOCH, 25.8.2010

Eine Biene summte vorbei und erledigte das, was Bienen eben an einem sonnigen Tag erledigen. Heinrich Müller saß in der Wiese und zupfte selbstvergessen an einzelnen Grashalmen, die er langsam in den Mund steckte und zerkaute, während im Horizont über den weit entfernten schneebedeckten Berggipfeln die rosa Vorboten des abendlichen Alpenglühens sich auf den Weg machten, sein Bewusstsein zu benebeln, ärger, als es eine Überdosis Wein fertiggebracht hätte. Er dachte an all das Geschehene und das Verpasste in seinem Leben, an Leonie und seine Freunde, und aus seinen Augenwinkeln rannen ein paar Tränen.

Aber er hatte seinen eigenen Auftrag zu erfüllen. Also erhob er sich und setzte seine Schritte gemächlich, aber zielgerichtet auf der Suche nach dem Baum, von dem seit dem Beginn dieser Geschichte alle sprachen: der Blutbuche. Wohl hatte er in der Nähe gestanden, als sie die Wolfsfalle besichtigten, in der man Hubert Welsch vor sechs Wochen gefunden hatte. Die rötlich gefärbten Blätter würden den Baum unübersehbar aus den andern herausheben.

Als Müller den Waldrand zwischen Gaicht und der Twannbachschlucht erreicht hatte, vernahm er ein Blitzen und Blinken, das von rechts kam. Er dachte zuerst an die Gewohnheit, CDs am Straßenrand aufzuhängen, damit das aufblendende Licht eines Autos die Wildtiere vertreiben würde. Aber wieso sollten auf dieser Schotterstraße solche Warnungen nötig sein? Er trat näher heran und sah, dass es Deckel von Blechbüchsen waren, teilweise neu, teilweise verrostet, alle aber mit weißer Farbe sorgfältig beschriftet: »Der Mensch ist dem Menschen ein Wolf«, las er, indem er die ersten drei aneinanderreihte. »SEBP«, stand auf den nächsten vier. Dann folgte eine Adresse, deren Zusammenhang ihm unklar blieb, eine Aufzählung von Rebsorten, und auf den letzten zehn – er zählte sie nicht mehr einzeln – stand immer nur dasselbe Wort: »Swetlana!«

Der Detektiv blickte hoch. Er hatte sich ablenken lassen und stand unvermittelt unter der Blutbuche. Er hatte seine Aufmerksamkeit einschläfern lassen. Das durfte nicht noch einmal passieren. Heinrich Müller griff nach seiner Pistole, die er zum ersten Mal seit Jahren wieder aus seinem Waffenschrank genommen und an einen Tatort mitgebracht hatte.

Tatsächlich fanden sich im untersten Ast, der allerdings bereits einige Meter über dem Boden lag und im schwindenden Abendlicht nur noch schwach zu erkennen war, die eingeritzten Köpfe von vier jungen Männern, fratzenhaft verzerrte Gesichter, höhnisch grinsend.

»Der Baum hat die Wahrheit aus ihnen herausgezerrt. Sein Wachstum hat ihres begleitet, aber nur die

Blutbuche zeigt das wahre Gesicht der Viererbande«, flüsterte eine Stimme, die den Eindruck erweckte, sie käme direkt von rechts hinten. Müller drehte sich blitzschnell um.

Doch die Stimme verstummte. Dann lachte Ernst Glauser aus verschiedenen Richtungen. Er bediente sich einer Lautsprecheranlage, die er nach Bedarf steuern konnte. Müller wusste nicht, wo sich sein Widersacher befand. Er konnte genau so gut oben in der Baumkrone sitzen oder irgendwo in der Ferne, wenn er ihn mit einer Kamera beobachtete.

»Treueschwüre dieser Art sind nicht viel wert, glauben Sie mir«, sagte die Stimme. »Treten Sie zwei Schritte vor. Keine Angst. Noch geschieht Ihnen nichts.«

Das »noch« hallte in Müller nach, als er sich sachte vorwärts wagte. Sein Erstaunen war groß, als er an einem weiteren Ast das Bildnis der Emma Blank von Albert Anker hängen sah.

»Ich sollte es für Martin Wiederkehr verstecken, bis sich die Aufregung etwas gelegt hatte«, erklärte die Stimme.

»Herr Glauser?«, fragte Müller.

»Ich stand schon immer auf der Seite des Gesetzes. Aber das Gesetz schaut nicht immer tatenlos zu, wenn Bösewichte es zu ihren Gunsten umbiegen. Es bedient sich gewalttätiger Mittel, wenn es gar nicht anders geht. Aber vielleicht habe ich auch nur zu viele Western geschaut, zu oft zugesehen, wie der Sheriffstern in falsche Hände geriet, wie ein Dorf – das immer Stadt heißt – in der amerikanischen Steppe von einem gewissenlosen Schwein geleitet wird. Dieser Unhold kennt nur ein Gesetz: das seine. Er formt es nach seinem Gutdünken und ändert die Regeln mitten im Spiel. Und dennoch ist es ihm äußerst wichtig, dass das Spiel nach Regeln abläuft. Wie in jenem Film mit Sharon Stone.

Sie spielt ›Lady‹, eine verbitterte junge Frau, die nach Rache sinnt, weil sie unter Gewaltandrohung auf ihren Vater schießen musste, der an einem Seil hing, bereit, gelyncht zu werden. Als kleines Mädchen sollte sie mit drei Schüssen das Seil durchtrennen, an dem ihr Vater aufgeknüpft war, noch auf einem schon wankenden Stuhl stehend. Stattdessen traf sie mit dem ersten Schuss den Vater.

Nun also steht sie auf der staubigen Straße, die durch dieses elende Kaff führt, das von jenem Verbrecher beherrscht wird, der am Anfang ihres Unglücks stand. In einer Persiflage auf High Noon stehen sich in einem wild wütenden Schießwettbewerb die Revolverhelden der Region gegenüber. Einer gegen den andern scheiden sie aus dem Rennen um den schnellsten Schützen, im Cupsystem sozusagen.

Die Guten müssen letztlich gegeneinander antreten. Nachdem sie mit dem jungen Leonardo di Caprio als ›Kid‹ einen schmerzhaften Verlust erlitten haben, gelingt ihnen ein Trick, durch den sie dem Bösen zu zweit entgegentreten können. In einer Kaskade von Explosionen zerstören sie im Angesicht des hilflosen Verbrechers die ganze Stadt, bevor sie ihn selber umbringen. Merke: Das Gute siegt immer (im Gegensatz zum Song von den ›Ärzten‹, der das Gegenteil behauptet, und den ich mir auch immer gern anhöre, weil er so schön zynisch daherkommt).

Und zwei Sekunden lang – aber was für zwei Sekunden! – sieht man die festen Brüste von Sharon Stone, als sie von dem in Ketten gelegten Cort in einem verzweifelten Liebesakt volle Hingabe für eine Nacht verlangt, die ihre letzte sein könnte. Wer wäre da nicht gerne Cort! Seine Hände sind gebunden und kommen nie auch nur in die Nähe der fordernden Rundungen, aber er darf mit diesen Händen, die den Weg vom Revolverhelden zum Priester und zurück gemacht haben, den in Leder eingepackten wundervollen Hintern der Schauspielerin in die Höhe heben.

Dann bricht die Szene ab, versunken im amerikanischen Prüderiesumpf, und man sollte die Augen schließen und sie für sich weiterdenken. Aber der Film läuft ja weiter. Vielleicht war's auch nur ein Double von Sharon Stone, aber das wäre doch genau so schön. Und es ist auf jeden Fall ein Grund mehr, den Film das nächste Mal auf DVD aufzunehmen und die Szene wieder und wieder anzuschauen, mit Standbild, von Bild zu Bild vorwärtsruckeln und zählen, wie viele Bilder diese Szene wert ist, und jedes einzelne genießen. Das Gute siegt immer!«

»Dann haben Sie mit dem Bild der Emma Blank einen heftigen Schwenker in Ihren Vorlieben gemacht«, versuchte Müller den Mann zu provozieren.

Aber der lachte nur. »Gehen Sie bitte drei Schritte vor und treten Sie hinter den Stamm. Wir verabschieden unsere Freunde würdig!«

Hinter dem Stamm steckte ein handgeschmiedeter Fackelständer aus Stahl aus dem Mittelaltershop im Boden, und in seinem Spiralende steckte ein Glas mit einer bernsteinfarben-rötlichen Flüssigkeit.

»Wolfsblut«, sagte Ernst Glauser. »Trinken Sie!«

Heinrich Müller griff zum Glas, das sich überraschend kühl anfühlte, als ob es eben erst hierher gestellt worden wäre. Er musste sich eingestehen, dass er sich wieder hatte ablenken lassen. Die Inszenierung des Ernst Glauser war so gekonnt, dass sich Müller nur schlecht auf seine Aufgabe konzentrieren konnte.

»Sie überraschen mich«, erklärte Glauser. »Ich hätte nicht gedacht, dass Sie allein kommen.«

Müller wollte etwas entgegnen, aber Glauser stoppte ihn: »Sagen Sie nichts. Ich habe Sie auf Ihrem Weg beobachtet. Es ist Ihnen niemand gefolgt, und es haben auch keine Fahrzeuge meine Lichtschranken gestört. Ein Hubschrauber ist auch nicht in Sicht, außerdem wird es dafür bald zu dunkel. Mag sein, Sie haben einen GPS-Sender bei sich oder gar ein Aufnahmegerät. Aber da Sie mich nicht sehen können, spielt das keine Rolle, und die Fakten sind nun hinlänglich bekannt.«

»Sie möchten keine Erklärung abgeben?«, fragte der Detektiv.

»Bis zum bitteren Ende Profi!« Glauser lachte. »Nein. Ich habe mich bereits genug erklärt. Und ich bin noch nicht wieder in der Lage, unabhängig vom Parteijargon der Verlautbarungen zu denken. So würde jede Rechtfertigung hölzern und künstlich tönen. Das würde das Andenken an Swetlana beschmutzen.«

»Liebe kann töten«, sagte Müller, mehr, damit etwas gesagt war.

»Sie müssen es ja wissen. Natürlich ging es nicht allein um diese Frau. Es sind die Werte unserer Gesellschaft, die von denen mit Füßen getreten werden, die vorgeben, für ihre Einhaltung zu sorgen.« Er hatte sich in Rage geredet, verstummte und kam gelassener zurück. »Nun habe ich mich doch verteidigt. Ein unverzeihlicher Fehler. Verabschieden Sie sich von Ihrem unwürdigen Dasein!«

Ein Lautsprecher gab ein kurzes Pfeifen von sich, dann blieb es still.

Müller zählte die Sekunden und schärfte seine Sinne. Als er aus dem Dunkel des Waldes eine Gestalt ins Licht treten sah, hatte er für einen winzigen Moment den Eindruck, die Verabschiedung habe nicht ihm, sondern dem Mörder selber gegolten.

Aber dann presste er sich mit dem Rücken an den Stamm der Blutbuche, um selber unsichtbar zu bleiben, und alles, was er fühlte, war sein rechter Zeigefinger am kalten Metall, der den Abzug der Pistole durchzog. Er schoss und schoss und schoss, bis er glaubte, alles um ihn herum sei tot.

Er beobachtete, wie sein Widersacher langsam zu Boden sank, aber er hörte nichts, der Lärm der Schüsse hatte ihn taub gemacht.

Alles war Stille.

PERSONENVERZEICHNIS

Heinrich Müller war groß geworden mit Pausenmilch, Perry Rhodan hatte ihn sozialisiert, Doktor Sommer aufgeklärt. Er war mehrfach unglücklich verliebt zu finnischem Tango, den schmerzhaftesten Herzensverlust hingegen begleitete Eric Burdons ›House of the Rising Sun‹. Erste detektivische Ambitionen bewirkte Michelangelo Antonionis ›Blow Up‹, das Gymnasium beendete er mit Jimi Hendrix. Die Ausbildung zum Polizisten war überschattet vom Gegensatz zwischen Ländlern und chinesischer Revolution. Beim Austritt aus dem Polizeidienst unterstützte ihn die Entdeckung von Single Malt Whisky.

So lernt man den Detektiv der ›Detektei Aubois & Müller‹ vor seinem ersten Einsatz in ›Salztränen‹ kennen. Die Arbeit als Polizist ist zu einengend für den Mann, der sich lieber seinen Hobbys widmet und ein bescheidenes Auskommen als Versicherungsdetektiv erarbeitet. Seinen ersten literarischen Auftrag erledigt Müller im Emmental, wo er nicht nur mit dem Käse Bekanntschaft macht, sondern auch mit Nicole Himmel, die ihm bei den Ermittlungen zur Seite steht. Henry Miller und Lucy heißt das ungleiche Paar, wenn es seine dunklen Seiten auslebt, und das ist ihm ein ständiges Bedürfnis. Nach dem Abschluss des Käsefalles gründen die beiden die ›Detektei Müller & Himmel‹.

Nun werden sie zu einer Künstler-Wurst-Party nach Ostermundigen an den Rand von Bern eingeladen, auf der zwei Menschen sterben. In diesem zweiten Fall namens ›Wursthimmel‹ geht es neben der Kriminalgeschichte selbstredend um das titelgebende Nahrungsmittel. Nicole und Heinrich arbeiten stärker mit Bernhard Spring, Störfahnder der Police Bern, und seiner Kollegin Pascale Meyer zusammen. Im Lauf der Ermittlungen lernt Heinrich Leonie Kaltenrieder kennen und verliebt sich in sie. Nach dem abgeschlossenen Fall beziehen Heinrich, Leonie und Nicole ein Haus im Berner Breitenrain, wo sie neben der Bar-Galerie ›Bauch & Kopf‹ auch ihre Detektei betreiben.

›Feuerwasser‹ bringt die Konsolidierung der Zwangs- und Wahlverwandtschaften und eine engere Zusammenarbeit zwischen der ›Detektei Müller & Himmel‹ und der Abteilung der Police Bern unter dem Störfahnder Bernhard Spring. Mit einem Stauseeprojekt im Justistal kommt Feuer ins Dorf Sigriswil, das mit keinem Wasser mehr gelöscht werden kann. Das Berner Oberland wird zum Schauplatz voralpiner Verbrechen, die nur unter verstärktem Einflößen von Lebenswasser gelöst und letztlich dem Vergessen anheim gegeben werden können. Heinrich Müller lernt nebenbei die Segnungen der hubschraubetriebenen Rettungsdienste kennen.

In ›Gnadenbrot‹ beteiligt sich das ganze Team um die ›Detektei Müller & Himmel‹ an Filmaufnahmen für die nachgestellte Schlacht von Murten 1476, der entscheidenden Auseinandersetzung der Eidgenossen mit dem Heer der Burgunder unter Karl dem Kühnen. Als nach einem turbulenten Drehtag ein Toter auf dem Schlachtfeld zurückbleibt, kommt wieder Bewegung in das Quartett um Heinrich Müller, dessen aktuelle Auftragslage nicht gerade rosig ist. Ein gestohlener Wandteppich, beunruhigende Kornkreise und dunkle Geschichten aus der Zeit der Hexenverfolgungen geben den Ermittlern jedoch immer neue Rätsel auf.

Heinrich Müller: Privatdetektiv ›Detektei Müller & Himmel‹, Ex-Polizist, wohnt in Bern, Mitte 50, genannt Henry, Henri, Heiri; als Verkörperung seiner dunklen Seite: Henry Miller

Nicole Himmel: geht gegen die 30 zu, Anthropologin, arbeitet im ›Alpinen Museum Bern‹ und in der ›Detektei Müller & Himmel‹; als Verkörperung ihrer dunklen Seite: Lucy

Leonie Kaltenrieder: Mitte 30, Freundin von Heinrich Müller, führt die Bar ›Bauch & Kopf‹

Baron Biber: der Kater von Heinrich Müller, heißt mit vollem Namen ›Baron Tartine Biber der Erste‹

Ginger: ein verwilderter Streuner, abgängig

Mathilda: die junge Katzendame

Bernhard Spring: Störfahnder der Berner Kantonspolizei, einer, der eingesetzt werden kann, wo es ihn braucht

Pascale Meyer: beherzte junge Polizistin in Springs Team

Cäsar Schauinsland: Objekt-Verbrennungskünstler, Freund von Pascale Meyer

Christian Blöchlinger: Dorfpolizist in Twann-Tüscherz

Peter Hofer: Kontaktmann der Versicherung

Louise Wyss: Ex-Model mit Zukunftserwartungen

Die drei Grazien:
Melinda Käsbleich
Phoebe Helbling
Gwendolin Rauch

Hubert Welsch: Staatserhaltende BürgerPartei SEBP
Renate Welsch: seine Frau
Henri Knecht: Staatserhaltende BürgerPartei SEBP
Marie-Claude Maibach: seine Partnerin
André Huber: Staatserhaltende BürgerPartei SEBP
Claude Eckstein: Staatserhaltende BürgerPartei SEBP

Ernst Glauser: Sekretär der Staatserhaltenden BürgerPartei SEBP

Barbara Born: Nationalrätin der Staatserhaltenden BürgerPartei SEBP

Martin Wiederkehr: Parteichef der Staatserhaltenden BürgerPartei SEBP

Ulrich »Ueli« Schneider: der alte Lehrer

Andreas Bohnenblust: Bäcker

Ruth Huber: Geschäftsführerin der Bäckerei Bohnenblust

Annina Kernen: Gast im ›Löwen‹ Ligerz

Arno Wenger: Gast im ›Löwen‹ Ligerz

Weitere Krimis finden Sie auf den folgenden Seiten und im Internet:
www.gmeiner-verlag.de

PAUL OTT (Hrsg.)
Sterbenslust

320 Seiten, Paperback.
ISBN 978-3-8392-1057-4.

SEX & CRIME Was so zärtlich beginnt, endet manchmal in einem tödlichen Albtraum: 21 meisterlich erzählte erotisch-kriminelle Kurzgeschichten. Zwischen heißer Liebe und abgrundtiefem Hass, hemmungsloser Ekstase und blutigem Ernst, sinnlicher Begierde und eiskaltem Mord. Mal skurril und witzig, mal düster und unheilvoll. Ebenso erregend wie beängstigend!

21 namhafte Krimiautorinnen und -autoren aus Deutschland, Österreich und der Schweiz haben sich der Aufgabe gestellt, Lust und Verbrechen in spannenden Geschichten zu verschmelzen. Eine zunächst ungewöhnlich scheinende Aufgabenstellung. Und außergewöhnlich ist auch das lesenswerte Ergebnis: eine Krimi-Anthologie der »etwas anderen Art«.

PAUL LASCAUX
Feuerwasser

231 Seiten, Paperback.
ISBN 978-3-8392-1011-6.

STILLE WASSER Im idyllischen Justistal im Berner Oberland prallen Gegensätze aufeinander: Die Eidgenössischen Kraftwerke planen dort den größten Stausee der Schweiz, ein einflussreicher Dorfbewohner möchte an gleicher Stelle einen riesigen, voralpinen Fun-Park errichten. Dann werden innerhalb kurzer Zeit die Verantwortlichen beider Projekte auf grausame Weise ermordet.

Die Berner Polizei steht zunächst vor einem Rätsel, ebenso wie das agile Detektivduo Heinrich Müller und Nicole Himmel. Doch dann kommen die Ermittlungen ins Rollen: Müller & Co stoßen auf geheimnisvolle Militärgebirgsfestungen aus dem Zweiten Weltkrieg, degustieren Wasser und Eau de Vie und begegnen Alpenbewohnern, die mehr wissen, als sie zugeben wollen …

GMEINER

Wir machen's spannend

PAUL LASCAUX

Wursthimmel

230 Seiten, Paperback.
ISBN 978-3-89977-785-7.

FRISCHFLEISCH BERN, IM SOMMER. Der Detektiv Heinrich Müller und seine Partnerin Nicole Himmel werden zu einem Grillfest des Künstlers F. K. Swiss eingeladen. Auf der Party wird ein surreales Kunstobjekt vorgestellt, das als Bratwurstgrill dient. Zur Gaudi des Publikums findet außerdem die Wahl einer Wurstkönigin statt.

Als Müller die Siegerin abholen will, findet er sie erstochen in einem Schrebergartenhäuschen. Am nächsten Morgen entdeckt die Polizei eine zweite Leiche: den Vertriebschef einer Großmetzgerei.

Es beginnen hektische Ermittlungen, an denen neben der Polizei auch die Detektei Müller & Himmel beteiligt ist. Eine heiße Spur führt die beiden Detektive in die dubiose Singleagentur »Happy Future« …

PAUL LASCAUX

Salztränen

277 Seiten, Paperback.
ISBN 978-3-89977-757-4.

EMMENTALER GEHEIMNISSE Ein mysteriöser Autounfall im Emmental nahe Bern. Hans Bähler, Käseeinkäufer der Großhandelsfirma »Moloko«, prallt ungebremst an einen Baum und stirbt.

Privatdetektiv Heinrich Müller, der von einer Versicherung mit der Untersuchung des Falls beauftragt wird, macht sich auf den Weg in das abgelegene Tal. Dort lernt er die Ethnologiestudentin Lucy kennen, die Feldstudien bei Schweizer Ureinwohnern betreibt und sich schon bald als glänzende Partnerin bei den Ermittlungen erweist. Mit Scharfsinn und Intuition kommen die beiden einem dunklen Geheimnis auf die Spur, das tief in der Vergangenheit des idyllischen Tals vergraben liegt.

GMEINER

Wir machen's spannend

Unsere Lesermagazine

2 x jährlich das Neueste aus der Gmeiner-Bibliothek

DIN A6, 20 S., farbig

10 x 18 cm, 16 S., farbig

24 x 35 cm, 20 S., farbig

GmeinerNewsletter

Neues aus der Welt der Gmeiner-Romane

Haben Sie schon unsere GmeinerNewsletter abonniert? Monatlich erhalten Sie per E-Mail aktuelle Informationen aus der Welt der Krimis, der historischen Romane und der Frauenromane: Buchtipps, Berichte über Autoren und ihre Arbeit, Veranstaltungshinweise, neue Literaturseiten im Internet und interessante Neuigkeiten.

Die Anmeldung zu den GmeinerNewslettern ist ganz einfach. Direkt auf der Homepage des Gmeiner-Verlags (www.gmeiner-verlag.de) finden Sie das entsprechende Anmeldeformular.

Ihre Meinung ist gefragt!

Mitmachen und gewinnen

Wir möchten Ihnen mit unseren Romanen immer beste Unterhaltung bieten. Sie können uns dabei unterstützen, indem Sie uns Ihre Meinung zu den Gmeiner-Romanen sagen! Senden Sie eine E-Mail an gewinnspiel@gmeiner-verlag.de und teilen Sie uns mit, welches Buch Sie gelesen haben und wie es Ihnen gefallen hat. Alle Einsendungen nehmen automatisch am großen Jahresgewinnspiel mit attraktiven Buchpreisen teil.

GMEINER

Wir machen's spannend

Alle Gmeiner-Autoren und ihre Romane auf einen Blick

ANTHOLOGIEN: Tod am Tegernsee • Drei Tagesritte vom Bodensee • Nichts ist so fein gesponnen • Zürich: Ausfahrt Mord • Mörderischer Erfindergeist • Secret Service 2011 • Tod am Starnberger See • Mords-Sachsen 4 • Sterbenslust • Tödliche Wasser • Gefährliche Nachbarn • Mords-Sachsen 3 • Tatort Ammersee • Campusmord • Mords-Sachsen 2 • Tod am Bodensee • Mords-Sachsen 1 • Grenzfälle • Spekulatius **ABE, REBECCA**: Im Labyrinth der Fugger **ARTMEIER, HILDEGUNDE**: Feuerross • Drachenfrau **BAUER, HERMANN**: Philosophenpunsch • Verschwörungsmelange • Karambolage • Fernwehträume **BAUM, BEATE**: Weltverloren • Ruchlos • Häuserkampf **BAUMANN, MANFRED**: Wasserspiele • Jedermanntod **BECK, SINJE**: Totenklang • Duftspur • Einzelkämpfer **BECKER, OLIVER**: Das Geheimnis der Krähentochter **BECKMANN, HERBERT**: Die Nacht von Berlin • Mark Twain unter den Linden • Die indiskreten Briefe des Giacomo Casanova **BEINSSEN, JAN**: Todesfrauen • Goldfrauen • Feuerfrauen **BLANKENBURG, ELKE MASCHA** Tastenfieber und Liebeslust **BLATTER, ULRIKE**: Vogelfrau **BODE-HOFFMANN, GRIT/HOFFMANN, MATTHIAS**: Infantizid **BODENMANN, MONA**: Mondmilchgubel **BÖCKER, BÄRBEL**: Mit 50 hat man noch Träume • Henkersmahl **BOENKE, MICHAEL**: Riedripp • Gott'sacker **BOMM, MANFRED**: Blutsauger • Kurzschluss • Glasklar • Notbremse • Schattennetz • Beweislast • Schusslinie • Mordloch • Trugschluss • Irrflug • Himmelsfelsen **BONN, SUSANNE**: Die Schule der Spielleute • Der Jahrmarkt zu Jakobi **BOSETZKY, HORST (-KY)**: Promijagd • Unterm Kirschbaum **BRÖMME, BETTINA**: Weißwurst für Elfen **BUEHRIG, DIETER**: Der Klang der Erde • Schattengold **BÜRKL, ANNI**: Ausgetanzt • Schwarztee **BUTTLER, MONIKA**: Dunkelzeit • Abendfrieden • Herzraub **CLAUSEN, ANKE**: Dinnerparty • Ostseegrab **CRÖNERT, CLAUDIUS**: Das Kreuz der Hugenotten **DANZ, ELLA**: Ballaststoff • Schatz, schmeckt's dir nicht? • Rosenwahn • Kochwut • Nebelschleier • Steilufer • Osterfeuer **DETERING, MONIKA**: Puppenmann • Herzfrauen **DIECHLER, GABRIELE**: Glutnester • Glaub mir, es muss Liebe sein • Engpass **DÜNSCHEDE, SANDRA**: Todeswatt • Friesenrache • Solomord • Nordmord • Deichgrab **EMME, PIERRE**: Zwanzig/11 • Diamantenschmaus • Pizza Letale • Pasta Mortale • Schneenockerleklat • Florentinerpakt • Ballsaison • Tortenkomplott • Killerspiele • Würstelmassaker • Heurigenpassion • Schnitzelfarce • Pastetenlust **ENDERLE, MANFRED**: Nachtwanderer **ERFMEYER, KLAUS**: Irrliebe • Endstadium • Tribunal • Geldmarie • Todeserklärung • Karrieresprung **ERWIN, BIRGIT / BUCHHORN, ULRICH**: Die Reliquie von Buchhorn • Die Gauklerin von Buchhorn • Die Herren von Buchhorn **FINK, SABINE**: Kainszeichen **FOHL, DAGMAR**: Der Duft von Bittermandel • Die Insel der Witwen • Das Mädchen und sein Henker **FRANZINGER, BERND**: Familiengrab • Zehnkampf • Leidenstour • Kindspech • Jammerhalde • Bombenstimmung • Wolfsfalle • Dinotod • Ohnmacht • Goldrausch • Pilzsaison **GARDEIN, UWE**: Das Mysterium des Himmels • Die Stunde des Königs

GMEINER

Wir machen's spannend

Alle Gmeiner-Autoren und ihre Romane auf einen Blick

GARDENER, EVA B.: Lebenshunger **GEISLER, KURT**: Friesenschnee • Bädersterben **GERWIEN, MICHAEL**: Alpengrollen **GIBERT, MATTHIAS P.**: Zeitbombe • Rechtsdruck • Schmuddelkinder • Bullenhitze • Eiszeit • Zirkusluft • Kammerflimmern • Nervenflattern **GORA, AXEL**: Das Duell der Astronomen **GRAF, EDI**: Bombenspiel • Leopardenjagd • Elefantengold • Löwenriss • Nashornfieber **GUDE, CHRISTIAN**: Kontrollverlust • Homunculus • Binärcode • Mosquito **HAENNI, STEFAN**: Scherbenhaufen • Brahmsrösi • Narrentod **HAUG, GUNTER**: Gössenjagd • Hüttenzauber • Tauberschwarz • Höllenfahrt • Sturmwarnung • Riffhaie • Tiefenrausch **HEIM, UTA-MARIA**: Feierabend • Totenkuss • Wespennest • Das Rattenprinzip • Totschweigen • Dreckskind **HENSCHEL, REGINE C.**: Fünf sind keiner zu viel **HERELD, PETER**: Das Geheimnis des Goldmachers **HOHLFELD, KERSTIN**: Glückskekssommer **HUNOLD-REIME, SIGRID**: Janssenhaus • Schattenmorellen • Frühstückspension **IMBSWEILER, MARCUS**: Die Erstürmung des Himmels • Butenschön • Altstadtfest • Schlussakt • Bergfriedhof **JOSWIG, VOLKMAR / MELLE, HENNING VON**: Stahlhart **KARNANI, FRITJOF**: Notlandung • Turnaround • Takeover **KAST-RIEDLINGER, ANNETTE**: Liebling, ich kann auch anders **KEISER, GABRIELE**: Engelskraut • Gartenschläfer • Apollofalter **KEISER, GABRIELE / POLIFKA, WOLFGANG**: Puppenjäger **KELLER, STEFAN**: Totenkarneval • Kölner Kreuzigung **KINSKOFER, LOTTE / BAHR, ANKE**: Hermann für Frau Mann **KLAUSNER, UWE**: Kennedy-Syndrom • Bernstein-Connection • Die Bräute des Satans • Odessa-Komplott • Pilger des Zorns • Walhalla-Code • Die Kiliansverschwörung • Die Pforten der Hölle **KLEWE, SABINE**: Die schwarzseidene Dame • Blutsonne • Wintermärchen • Kinderspiel • Schattenriss **KLÖSEL, MATTHIAS**: Tourneekoller **KLUGMANN, NORBERT**: Die Adler von Lübeck • Die Nacht des Narren • Die Tochter des Salzhändlers • Kabinettstück • Schlüsselgewalt • Rebenblut **KÖHLER, MANFRED**: Tiefpunkt • Schreckensgletscher **KÖSTERING, BERND**: Goetheglut • Goetheruh **KOHL, ERWIN**: Flatline • Grabtanz • Zugzwang **KOPPITZ, RAINER C.**: Machtrausch **KRAMER, VERONIKA**: Todesgeheimnis • Rachesommer **KRONENBERG, SUSANNE**: Kunstgriff • Rheingrund • Weinrache • Kultopfer • Flammenpferd **KRUG, MICHAEL**: Bahnhofsmission **KRUSE, MARGIT**: Eisaugen **KURELLA, FRANK**: Der Kodex des Bösen • Das Pergament des Todes **LASCAUX, PAUL**: Mordswein • Gnadenbrot • Feuerwasser • Wursthimmel • Salztränen **LEBEK, HANS**: Karteileichen • Todesschläger **LEHMKUHL, KURT**: Dreiländermord • Nürburghölle • Raffgier **LEIMBACH, ALIDA**: Wintergruft **LEIX, BERND**: Fächergrün • Fächertraum • Waldstadt • Hackschnitzel • Zuckerblut • Bucheckern **LETSCHE, JULIAN**: Auf der Walz **LICHT, EMILIA**: Hotel Blaues Wunder **LIEBSCH, SONJA / MESTROVIC, NIVES**: Muttertier @n Rabenmutter **LIFKA, RICHARD**: Sonnenkönig **LOIBELSBERGER, GERHARD**: Mord und Brand • Reigen des Todes • Die Naschmarkt-Morde **MADER, RAIMUND A.**: Schindlerjüdin • Glasberg

GMEINER

Wir machen's spannend

Alle Gmeiner-Autoren und ihre Romane auf einen Blick

MAINKA, MARTINA: Satanszeichen **MISKO, MONA**: Winzertochter • Kindsblut **MORF, ISABEL**: Satzfetzen • Schrottreif **MOTHWURF, ONO**: Werbevoodoo • Taubendreck **MUCHA, MARTIN**: Seelenschacher • Papierkrieg **NAUMANN, STEPHAN**: Das Werk der Bücher **NEEB, URSULA**: Madame empfängt **ÖHRI, ARMIN / TSCHIRKY, VANESSA**: Sinfonie des Todes **OSWALD, SUSANNE**: Liebe wie gemalt **OTT, PAUL**: Bodensee-Blues **PARADEISER, PETER**: Himmelreich und Höllental **PARK, KAROLIN**: Stilettoholic **PELTE, REINHARD**: Inselbeichte • Kielwasser • Inselkoller **PFLUG, HARALD**: Tschoklet **PITTLER, ANDREAS**: Mischpoche **PORATH, SILKE / BRAUN, ANDREAS**: Klostergeist **PORATH, SILKE**: Nicht ohne meinen Mops **PUHLFÜRST, CLAUDIA**: Dunkelhaft • Eiseskälte • Leichenstarre **PUNDT, HARDY**: Friesenwut • Deichbruch **PUSCHMANN, DOROTHEA**: Zwickmühle **ROSSBACHER, CLAUDIA**: Steirerblut **RUSCH, HANS-JÜRGEN**: Neptunopfer • Gegenwende **SCHAEWEN, OLIVER VON**: Räuberblut • Schillerhöhe **SCHMID, CLAUDIA**: Die brennenden Lettern **SCHMITZ, INGRID**: Mordsdeal • Sündenfälle **SCHMÖE, FRIEDERIKE**: Lasst uns froh und grausig sein • Wasdunkelbleibt • Wernievergibt • Wieweitdugehst • Bisduvergisst • Fliehganzleis • Schweigfeinstill • Spinnefeind • Pfeilgift • Januskopf • Schockstarre • Käfersterben • Fratzenmond • Kirchweihmord • Maskenspiel **SCHNEIDER, BERNWARD**: Flammenteufel • Spittelmarkt **SCHNEIDER, HARALD**: Räuberbier • Wassergeld • Erfindergeist • Schwarzkittel • Ernteopfer **SCHNYDER, MARIJKE**: Matrjoschka-Jagd **SCHÖTTLE, RUPERT**: Damenschneider **SCHRÖDER, ANGELIKA**: Mordsgier • Mordswut • Mordsliebe **SCHÜTZ, ERICH**: Doktormacher-Mafia • Bombenbrut • Judengold **SCHUKER, KLAUS**: Brudernacht **SCHULZE, GINA**: Sintflut **SCHWAB, ELKE**: Angstfalle • Großeinsatz **SCHWARZ, MAREN**: Zwiespalt • Maienfrost • Dämonenspiel • Grabeskälte **SENF, JOCHEN**: Kindswut • Knochenspiel • Nichtwisser **SPATZ, WILLIBALD**: Alpenkasper • Alpenlust • Alpendöner **STAMMKÖTTER, ANDREAS**: Messewalzer **STEINHAUER, FRANZISKA**: Sturm über Branitz • Spielwiese • Gurkensaat • Wortlos • Menschenfänger • Narrenspiel • Seelenqual • Racheakt **STRENG, WILDIS**: Ohrenzeugen **SYLVESTER, CHRISTINE**: Sachsen-Sushi **SZRAMA, BETTINA**: Die Hure und der Meisterdieb • Die Konkubine des Mörders • Die Giftmischerin **THIEL, SEBASTIAN**: Die Hexe vom Niederrhein **THADEWALDT, ASTRID / BAUER, CARSTEN**: Blutblume • Kreuzkönig **THÖMMES, GÜNTHER**: Malz und Totschlag • Der Fluch des Bierzauberers • Das Erbe des Bierzauberers • Der Bierzauberer **TRAMITZ, CHRISTIANE**: Himmelsspitz **ULLRICH, SONJA**: Fummelbunker • Teppichporsche **VALDORF, LEO**: Großstadtsumpf **VERTACNIK, HANS-PETER**: Ultimo • Abfangjäger **WARK, PETER**: Epizentrum • Ballonglühen • Albtraum **WERNLI, TAMARA**: Blind Date mit Folgen **WICKENHÄUSER, RUBEN PHILLIP**: Die Magie des Falken • Die Seele des Wolfes **WILKENLOH, WIMMER**: Eidernebel • Poppenspäl • Feuermal • Hätschelkind **WÖLM, DIETER**: Mainfall **WYSS, VERENA**: Blutrunen • Todesformel **ZANDER, WOLFGANG**: Hundeleben

GMEINER

Wir machen's spannend